BRENDA KAMALINI

ASTRAL

À PROVA DE FOGO

partners coerência

BRENDA KAMALINI

ASTRAL

partners coerência

BRENDA KAMALINI

ASTRAL

partners coerência

ASTRAL © BRENDA KAMALINI
1º Edição — Editora Coerência — Brasil

Produção Editorial

Diretora Editorial	Lilian Vaccaro
Revisão	Kelly Alves
Capa	Décio Gomes
Diagramação	Bruno Lira

Dados Internacionais De Catalogação Da Publicação (cip)

Kamalini, Brenda;
Astral

1. Ed. — São Paulo — Editora Coerência 2018

ISBN: 978-85-5327-102-3

1. Literatura Brasileira 2. Fantasia I.Título

CDD. 869.3

Editora Coerência
Rua Pinhancó, 12A
Parque São Rafael — SP — Cep . 08320-350
Site: www.editoracoerencia.com.br
E-mail: lilian@editoracoerencia.com.br
Tel.: (11)2011-3113

Texto de acordo com as normas do Novo Acordo Ortográfico da Língua Portuguesa (1990), em vigor desde 1º de Janeiro de 2009.

OVELHA NEGRA 1

Março, 2017.

Aquelas incessantes batidas na porta mais pareciam marteladas na minha cabeça, eu mal conseguia abrir os olhos e só pensava, completamente arrependido, que eu não deveria ter bebido tanto na noite anterior. Levei alguns segundos para perceber que o barulho irritante, aumentando a dor latejante em minhas têmporas, era a minha mãe tentando me acordar para o meu primeiro dia de trabalho. Havia amanhecido, mas o *blackout* na janela não permitia que uma fresta de luz sequer entrasse em meu quarto, deixando o ambiente escuro e agradável, perfeito para mais umas boas horas de sono. Tudo que eu queria naquele momento era virar para o lado, me enrolar no meu velho cobertor e voltar a dormir. Tinha certeza de que aquela era uma das piores ressacas da minha vida, e o dia seria longo.

— Axel! — gritou minha mãe ao perceber que eu não esboçava nenhum esforço para levantar da cama.

Sai daqui, pensei. Não consegui emitir nenhum som. Tateei no criado mudo meu celular tentando ver as horas, já passava das sete da manhã e mesmo que eu me apressasse ainda chegaria atrasado no trabalho. Meus olhos entreabertos e embaçados visualizaram alguma ligação perdida no visor, apertei-os para conseguir enxergar melhor o que estava escrito: QUATRO CHAMADAS PERDIDAS DE LILY. *Lily?* Aquele nome não me soou estranho. Talvez tenha conhecido alguma garota no *pub*. Mas por mais que eu me esforçasse, não conseguia lembrar o que havia acontecido na noite anterior, estava meio tonto e minha mãe ainda batia na porta como uma louca. Tive vontade de mandá-la calar a boca, eu precisava de silêncio absoluto por mais uns cinco minutos, para pôr as ideias em ordem. Coloquei o travesseiro no rosto tentando não ouvir seu tom de voz irritante. Aos poucos algumas memórias começaram a surgir na minha cabeça dolorida: o reencontro com meu amigo de infância; o som de uma música dançante; algumas rodadas de cervejas... E, de repente, a imagem de uma bela e esguia mulher de seios fartos, longos cabelos pretos e olhos incrivelmente azuis se desenhou na minha mente. Por um instante até consegui ouvir sua voz sedutora sussurrando o seu nome, exatamente como quando se aproximou para falar bem perto do meu ouvido por causa da música alta. Aquilo tinha mesmo acontecido? Me perguntei enquanto levantava vagarosamente da cama. Uma súbita e intensa fisgada na costela me paralisou, levei a mão nas costas tentando localizar o ponto exato da dor. Então mais uma lembrança surgiu, agora, de uma briga. Sim, foi tudo real! Respondi para mim mesmo. Devo ter perdido o controle novamente. Eu bebi, briguei e conheci a bela Lily. Ouvi mais algumas batidas na porta.

— Já acordei — murmurei ainda meio zonzo e com a cabeça latejando, na esperança de que minha mãe conseguisse ouvir e me deixasse em paz.

— Axel, estou batendo nessa porta há meia hora... pelo visto você quer mesmo se atrasar! — exclamou ela. A essa altura, parecia decidida a desistir. Finalmente.

— Já acordei!

Como minha mãe tinha a habilidade de me irritar, eu havia prometido para mim mesmo que nunca mais voltaria a morar com ela. Infelizmente, depois de vários anos, precisei quebrar a promessa. Abri um pouco a cortina permitindo que a luz entrasse no meu antigo quarto e pude ver que estava tudo no mesmo lugar, minha mãe manteve do jeito que deixei quando saí de casa aos quatorze anos para morar com o meu pai, em Nova Iorque. Os pôsteres de mulheres seminuas, que ela tanto reclamou quando eu os pendurei na parede, ainda estavam lá, intactos. Meu antigo videogame, minha coleção de jogos, a minha antiga TV e até algumas marcas dos meus ataques de fúria também estavam lá — como gavetas e portas quebradas. Lembro que o meu pior ataque de fúria aconteceu uma semana antes de me mudar para a casa do meu pai, quando fui diagnosticado com transtorno explosivo intermitente, depois de ter agredido um colega de sala de aula. Na época, ninguém quis me ouvir ou entender o problema pelo meu ponto de vista, para todos eles — meus pais, professores e psicólogos — eu era "o adolescente rebelde que precisava de um belo corretivo". O que eles não sabiam é que aquela surra foi bem merecida... O garoto era um tremendo de um babaca! Depois disso minha mãe decidiu que não podia mais cuidar de mim sozinha e insistiu aos prantos para o meu pai me levar embora antes que eu terminasse num reformatório. Para a minha sorte, ir embora daquela bucólica cidadezinha era tudo que eu mais queria na vida.

No início de 2008, logo depois do divórcio, meu pai fora embora de casa. E, mesmo insistindo bastante para ir com ele, tive de ficar no Arkansas, pois uma mudança naquela época do ano seria complicadíssima por conta do calendário escolar. Nós dois éramos bem próximos. Costumávamos ficar juntos nos seus dias de folga, ele contava como tinha sido o seu plantão e eu ouvia fascinado. Enquanto todas as crianças da redondeza brincavam e interagiam entre si, eu me mantinha ocupado aprendendo mais sobre o corpo de bombeiros. Não gostava mesmo de perder tempo com brincadeiras bobas e infantis, como os garotos da minha rua faziam. Às vezes, meu pai até me levava no quartel e eu me sentia o máximo. Importantíssimo! Mas, apesar de passar boa parte do meu tempo com os mais velhos e adorar ouvir suas histórias, também tinha alguns amigos da minha idade, dois para ser mais exato: Hugo e

Oscar. Boa parte da infância passamos os três juntos, sempre metidos em encrenca. "As confusões nos encontram" era o que dizia Hugo em tom de ironia, porque claro, isso nem de longe correspondia à verdade. Um ano e meio depois da separação dos meus pais eu finalmente fui morar em Nova Iorque. Anos mais tarde, Oscar mudou-se para a Califórnia com a sua família. Foi o que se soube na época.

Em Nova Iorque, as coisas foram um pouco menos problemáticas, fui estudar num colégio militar e era mais fácil conter a raiva em um ambiente onde a disciplina é a coisa mais importante. Eu gastava toda minha energia com exercícios físicos, atividades curriculares e extracurriculares durante o dia todo, e sempre conseguia me destacar facilmente. O meu comportamento podia não ser dos melhores, mas o meu desempenho físico me garantiu uma das primeiras vagas na academia do corpo de bombeiros. Preenchi todos os requisitos, me destaquei nos treinamentos, aprendi as técnicas com louvor. Eu tinha tudo para ser o melhor bombeiro da cidade, pelo menos até quatro meses atrás, quando fui afastado por causa de uma briga idiota com um colega da corporação, ele me provocou e eu, como de costume, me enfureci. Agora consta no meu relatório que sou insubordinado.

O meu pai é comandante do corpo de bombeiros e graças a sua ótima influência conseguiu amenizar a minha situação. Claro que as condições impostas não foram as melhores: uma transferência para outro batalhão, na cidade onde eu nasci e morei durante toda a minha infância, no Arkansas. Sei que essa foi a forma que meu pai encontrou de me dar uma boa punição. Ele sabia que eu odiaria voltar para o vilarejo de Riverbed, mas aceitaria mesmo a contragosto. Era isso ou poderia ser expulso da corporação, o que para mim seria pior do que a morte, afinal, ser bombeiro sempre foi minha verdadeira vocação. Por isso eu estava de volta.

Abri a porta do quarto o mais rápido que pude. Precisava tomar um banho ligeiro e um café puro. Minha mãe, que naquela altura já havia desistido de me acordar, veio da cozinha em minha direção com um semblante preocupado.

— O que aconteceu? Por que está com o rosto machucado? — perguntou ela, analisando meu rosto com os olhos ligeiramente apertados para ver melhor o tal machucado.

— Não é nada! — Virei o rosto.

— Deixe-me ver...

— Já disse que não é nada!

— Não acredito que se meteu em confusão novamente!! Mal acabou de chegar...

Eu havia chegado na noite anterior, deixado minha bagagem em casa e saído para comemorar meu aniversário no bar mais movimentado da cidade. Obviamente, o "mais movimentado" dali em nada se comparava com os bares *lotados* de gente interessante que eu costumava ir. Mas eu precisava sair para algum lugar, qualquer um, estava completando vinte e um anos e já podia beber — sem precisar me esconder, claro. No caminho reencontrei Hugo, o único amigo de infância que havia me restado, e fomos ao famoso *pub* local tomar algumas doses de *bourbon*. A partir de então, as memórias foram se apagando.

— Eu estou bem, mãe — respondi sem saber ao certo do que ela estava falando. Tinha de me olhar no espelho para ver o tamanho do estrago.

— Vá tomar um banho que vou preparar um café, depois te faço um curativo. Você já está atrasado!

— Eu sei! Eu sei!

Não tinha sido grande coisa, não para alguém como eu. Vi um arranhão superficial e um pequeno hematoma avermelhado próximo ao meu olho esquerdo. Acho que o sujeito tentou acertar um soco na minha cara, pegando apenas de raspão. Nada que um par de óculos escuros não resolvesse. Eu mal conseguia me lembrar sobre a briga, não fosse a forte dor nas costas, nem saberia que havia tido uma. Isso era comum acontecer comigo, embora há tempos não acontecesse. Depois de um breve banho de água gelada, coloquei minha costumeira camiseta branca e uma calça jeans qualquer que estava por cima da mala ainda não desfeita, tomei dois goles de café puro e forte, peguei o carro da minha mãe e saí. O curativo ficaria para depois.

Não demorei a chegar, tudo naquela cidade era próximo e eu ainda me lembrava bem onde ficava o quartel. Estacionei no pátio ao lado da entrada, desejando de todo o coração que eu conseguisse manter a calma, apesar de ter levantado com o pé esquerdo naquela manhã.

Era difícil de acreditar que estava de volta naquele lugar que eu havia apagado da memória. Depois que fui embora não voltei uma única vez, nem mesmo para visitar a minha mãe, era ela quem ia para Nova Iorque sempre que podia. Apesar dos meus pais serem separados, eles mantiveram uma relação bastante amigável, principalmente por minha causa. E toda vez que ela ia me visitar em Manhattan ficava hospedada na casa do meu pai, sem qualquer problema. Nas poucas vezes que fora com o seu segundo marido, ambos se hospedaram num hotel próximo ao Central Park. Isso também não era um problema. Meu pai e meu padrasto tinham um ótimo convívio. Eram *quase* amigos.

Poucos meses depois que fui embora, minha mãe se casou novamente com um típico irlandês. Um homem de bem, honesto e financeiramente estabilizado. Refez sua família e deixou de ser alvo de fofocas. O que na minha época era praticamente impossível, eu era o filho problemático, e ela a mãe omissa.

Aquela cidade era incrivelmente tediosa e os seus habitantes um tanto quanto pacatos. Qualquer pessoa que alterasse um pouco a voz, como eu costumava fazer, acabava ganhando um certo destaque não favorável. Como em toda cidade pequena, as pessoas se conheciam há anos e falar da vida alheia era o passatempo preferido delas. Então, não me preocupei quando sai do carro e vi na varanda da casa em frente, do outro lado da rua, duas velhinhas sentadas em um banco de balanço branco encardido, cochichando. Podia até imaginar os comentários: "o filho louco do McRoy está de volta" ou "logo, logo arrumará problemas". Talvez já soubessem sobre a briga no bar.

Sentado num banquinho do lado de fora, abaixo das bandeiras dos Estados Unidos e do Arkansas hasteadas nos mastros, o velho Maxwell Duncan, que eu conhecia desde muito pequeno, lia o seu jornal. Lembro de passar em frente à sua casa todos os dias, a caminho da escola, e vê-lo sentado em sua velha cadeira de vime segurando seu inseparável cantil. Vez ou outra conversávamos sobre o exército, ele adorava contar suas heroicas histórias de guerra — "das quais nunca participou", dizia o meu pai —, e eu adorava ouvi-lo. Claro que minha história preferida era sobre o incêndio de 1987, o senhor Duncan se vangloriava narrando os detalhes de como conseguiu apagar as enormes labaredas e salvar as pessoas antes mesmo dos bombeiros chegarem. Mais tarde eu soube que, na verdade, fora apenas um princípio de incêndio num bar após uma briga de casal, que terminou em divórcio e em um baita prejuízo para o dono do local. Depois desse episódio tragicômico ele se "intitulou" assistente do capitão e sempre que podia ajudava com os afazeres do quartel.

— Bom dia, senhor Duncan — cumprimentei-o amigavelmente, esperando que ele me reconhecesse. Em vão.

— Bom dia. — Ele levantou os olhos por detrás do jornal, me deu uma boa olhada de cima a baixo e voltou para sua leitura.

Certamente ainda não tinha ouvido os comentários sobre a minha volta. Antes mesmo que eu pudesse me identificar, ouvi alguém falar o meu nome atrás de mim.

— Esse é o *famoso* Axel McRoy, senhor Duncan. Não lembra dele?

O senhor Duncan voltou a me olhar, dessa vez havia um sorriso amistoso em seu rosto flácido e enrugado, revelando a falta de um dente molar.

— Axel? Como você cresceu...

Não precisei me virar para saber quem era o dono daquela voz irritante: Jesse O'Neill, o idiota que eu bati na escola. Ele continuava com o mesmo olhar de peixe morto e com uma estatura muito aquém da minha... Eu poderia quebrá-lo ao meio, se quisesse.

— Jesse, quase não o reconheci sem o olho roxo.

— O que o traz ao vilarejo Riverbed novamente, McRoy?

— Soube que estão precisando de um bombeiro de verdade.

— E eu soube que você já chegou arrumando confusão... Pelo jeito, não vai ficar muito tempo por aqui também.

No mesmo instante em que aquele idiota falou sobre a briga da noite anterior, que eu mal conseguia me lembrar, meu celular tocou. Mais uma ligação de Lily. Preferi não atender, apesar de estar bastante curioso sobre o que aquela mulher queria comigo. Aquele não era o momento propício para falar com ela, então, desliguei o telefone e voltei a prestar atenção no que Jesse dizia, queria lembrar de mais detalhes sobre a confusão que me meti na noite anterior. Será que ele estava lá e viu tudo? Não... Acho que me lembraria se o visse no bar, mesmo a metros de distância, mesmo depois de tomar várias doses de uísque. Talvez então, os moradores da cidade já estivessem fofocando a meu respeito. Isso sim era bem provável.

— O que você está sabendo? — perguntei rispidamente. Não queria disse-me-disse sobre o assunto. Não no quartel.

— A única coisa que eu sei é que o capitão não vai gostar nada disso!

Pensei em responder que adoraria ser expulso por quebrar a sua cara novamente, mas respirei fundo, afinal de contas, eu havia acabado de chegar e teria de vê-lo todos os dias durante um bom tempo, então, precisava me acostumar com a ideia. Tentei ignorá-lo, mas tinha certeza de que, se ele continuasse me provocando, a situação não iria acabar nada bem. Em seguida, dois rapazes vieram na nossa direção, um era um tanto quanto rechonchudo e estava com uma garrafinha de refrigerante na mão; o outro era meio magricela, tinha sobrancelhas grossas e os dentes tortos, parecia um personagem esquisito de desenho animado.

— Você é Axel McRoy? — perguntou o rechonchudo.

— Sim, sou eu.

— Eu sou o Nelson. — Ele se apresentou apertando a minha mão. — Ele é o Walter — disse apontando para o rapaz esquisito.

— Muito prazer! — falei.

— Esse é o...

— Ele já me conhece, Nelson — interrompeu Jesse. — E eu o conheço suficiente para saber que é melhor você ficar longe... Ele é o tipo que adora criar confusão.

— Se você quiser posso criar uma agora mesmo! — retruquei, já perdendo a paciência. Por um instante, me imaginei partindo para cima daquele babaca e acertando um soco bem no meio da sua cara. Mais uma vez.

— Olá pessoal, que bom que vocês já se conheceram... McRoy, na minha sala agora! — ordenou o senhor Dickson, o capitão do batalhão, que surgiu de repente não sei de onde.

A sala do capitão era grande, clara e com uma temperatura bastante agradável. Na parede que dava para a rua tinha uma enorme janela que estava parcialmente aberta, por onde entrava muita luz natural e um ventinho fresco, comum naquela época do ano. Era início de primavera. Por todo canto havia esculturas de águias dos mais variados tamanhos e modelos. Uma em especial chamou a minha atenção: a águia era toda dourada, com mais ou menos meio metro de altura e estava segurando uma serpente com as suas garras afiadas. Aquela belíssima e imponente escultura ocupava um lugar de destaque bem acima do velho armário de aço, provavelmente era a sua favorita. O senhor Dickson apontou para uma poltrona em couro marrom café em frente à sua mesa, e pediu que eu me sentasse.

— Aspirante se apresentando, senhor! — apresentei-me formalmente, batendo continência.

— Então... Quer dizer que o *Billy the Kid* chegou na cidade? — perguntou ele com um sutil sorriso no canto da boca.

— Essa é a sua melhor referência de Nova Iorque, capitão?!

Demos uma sonora gargalhada e nos abraçamos fortemente. Enquanto o senhor Dickson se ajeitava na sua envelhecida poltrona, observei que em cima da sua mesa havia uma pasta de papel *kraft* aberta, com alguns relatórios dentro dela, e tive a ligeira impressão de ter lido o meu nome ali. Na mesa também havia um telefone de um modelo bem antigo, dois pequenos pedestais em madeira — um com a bandeira dos Estados Unidos e o outro com a bandeira do Arkansas —, além de uma caixa cheia de *donuts* com confeitos coloridos.

O capitão Dickson era um homem robusto e bem-humorado. Quando eu era criança, lembro que ele costumava passar os fins de semana bebendo cerveja e contando piadas na varanda de sua casa, quase sempre na companhia do meu pai. Os dois eram bons amigos.

— Como vai o velho McRoy? — perguntou ele.

— Ele está muito bem. Aguardando sua visita.

— Bem que eu gostaria... — Ele suspirou com um certo pesar.

O senhor Dickson ficou viúvo a muitos anos atrás e, desde então, tornou-se um homem solitário. Sua esposa morreu brutalmente assassinada na década de noventa — quando aquele lugar era ainda mais pacato do que os dias atuais —, deixando todos os moradores da cidade apavorados e em constante estado de alerta. Na época, os jornais locais só falavam sobre o assunto. Eu não entendia direito o que havia acontecido, mas me lembro bem da comoção das pessoas e do clima de medo no ar. Foi assim por um bom tempo. Minha mãe sempre chorava toda vez que via o caso na televisão, as duas eram amigas de infância. Até hoje nunca encontraram o assassino.

Como o senhor Dickson não tinha filhos o quartel tornou-se sua única preocupação e, consequentemente, o seu pessoal passou a ser sua família. Ele tinha o controle de tudo por ali, era querido, respeitado. E embora ele tivesse grande admiração pelo meu pai, sabia que não iria permitir que eu cometesse qualquer deslize.

— Por que o senhor não...

— Eu conversei com seu pai por telefone — interrompeu ele. Pelo jeito não estava nem um pouco interessado em bater papo e foi direto ao assunto. — Como você já sabe, seu pai não está nada contente com a sua situação, Axel.

— Eu sei.

— Ele me pediu ajuda. Quer que eu fique de olho em você. E... você sabe... essa pode ser a sua última chance. — Antes que eu pudesse falar alguma coisa em minha defesa, ele continuou. — Eu já soube da briga de ontem à noite.

— O quê? *Quem...?*

— Não importa! — interrompeu-me mais uma vez. Não conseguia acreditar que o desgraçado do Jesse já tinha dado com a língua nos dentes. — O que está acontecendo com você? Você não quer fazer carreira no corpo de bombeiros, rapaz? — perguntou ele olhando bem dentro dos meus olhos.

— É tudo que mais quero, senhor.

— Então você precisa aprender a controlar toda essa agressividade. Precisa aprender a obedecer a seus superiores, a respeitar as regras. Tem de se dedicar, ter disciplina — aconselhou ele. — *E não se meter em confusão* — completou enfaticamente.

— Eu entendo — respondi baixando a cabeça. Queria acabar logo com aquele sermão.

— Você terá que aprender a conviver com todo o pessoal do batalhão.

— Desde que ninguém sem meta comigo! — retruquei imediatamente.

O senhor Dickinson apenas bufou e me olhou do mesmo jeito que meu pai me olhava toda vez que eu o afrontava, como se eu fosse um caso perdido.

— Lembre-se rapaz, essa pode ser a sua última chance. Quando você colocar esse uniforme... — Ele apontou para um porta-retratos. Na foto estava um pouco mais novo, com menos cabelos brancos e usava o uniforme de bombeiro. — ... quero que seja disciplinado e cumpra todas as minhas ordens, entendido?

Respirei fundo. Eu realmente queria que desse certo, tinha esperança de que, se fizesse o que deveria ser feito, logo, logo voltaria para Nova Iorque e acabaria de uma vez com essa bobagem de transferência.

— Entendido, capitão!

— Bom... Já que você chegou atrasado pode voltar para casa, seu turno começará amanhã à noite. — O capitão não facilitaria as coisas para mim, como era de se esperar. — Agora, dê o fora da minha sala, McRoy! — concluiu ele antes mesmo que eu pudesse reclamar.

Era óbvio que o senhor Dickson havia mudado meu turno com a intenção de me deixar longe de confusão, além de garantir que O'Neill ficasse seguro. Ele sabia que mais cedo ou mais tarde iríamos brigar novamente. Claro que a ideia não me agradou nem um pouco, levantar da cama naquela manhã não havia sido tarefa fácil. Me mandar de volta para casa era uma baita sacanagem! O capitão deveria me tratar melhor, de longe eu era muito mais competente do que aqueles bombeiros meia-boca dali; além de ser alto, atlético e ágil, tive melhor treinamento do que qualquer um deles. Por um momento, pensei em questionar sua decisão, eu tinha vários argumentos para fazê-lo mudar de ideia. Mas sabia que ele era homem de uma palavra só, nunca voltava atrás e se gabava por isso. Enfrentá-lo só me causaria mais problemas. Então, sem escolha, tive de me controlar. Respirei fundo mais uma vez e obedeci.

— Sim, senhor!

Bati continência e sai da sua sala.

CASA EM CHAMAS 2

Era o final do meu primeiro dia de plantão — num esquema de dois plantões de vinte e quatro horas em três dias, seguidos de cinco dias de folga. Já havia passado das sete da noite e, enquanto eu assistia o noticiário na sala de TV me sentindo completamente entediado, os rapazes estavam descontraídos no refeitório conversando sei lá o que. Não queria me enturmar muito, logo estaria fora dali e não tinha o porquê fazer novos amigos. Além do mais, não podia me meter em confusão novamente, o senhor Dickson estava de marcação cerrada comigo, sempre à espreita, como se eu pudesse cometer um deslize a qualquer momento. E eu não tinha a mínima intenção de dar esse gostinho a ele, não mesmo. Nem ao meu pai, que devia estar me monitorando através dos olhos do capitão. Ele era o típico controlador compulsivo. Mas, apesar da minha necessidade de isolamento, eu também precisava comer, então, fui até a cozinha preparar um instantâneo macarrão com queijo antes de ir embora para casa.

Não conseguia acreditar que estava de volta. Várias lembranças, que eu havia apagado da memória, começaram a surgir pouco a pouco. Algumas delas eram boas, outras — a maioria — nem tanto. Os tempos de *Middle School* foram os piores, vivia metido em confusão. Os garotos mais velhos da outra turma conheciam o meu pavio curto e adoravam me provocar; era comum eu me atracar com algum deles na hora da saída, enquanto os outros alunos assistiam — e até incitavam — a luta. Quem se metia comigo terminava na pior, sempre fui bom de briga, diga-se de passagem. Nem me recordo quantas vezes meus pais foram chamados no colégio para conversar com a diretora, a simpática senhorita Julie, que apesar de tentar me disciplinar, era gentil e se preocupava com o meu bem-estar. Na volta para casa eu ficava de castigo. Às vezes sem TV, às vezes sem videogame. E dependendo da gravidade, sem os dois.

Em meados da década de dois mil, de onde guardo a maior parte das lembranças boas, eu e meus pais vivíamos na casa com jardim e cerca branca que meu pai comprara na mesma época — onde minha mãe mora até hoje, e agora, eu também. Claro que naquele tempo a casa parecia bem maior, o quintal, onde eu jogava basquete com uma cesta improvisada, era bem mais bagunçado, e tudo — tudo mesmo — cheirava a tinta fresca. Não fosse pelo meu comportamento rebelde que vira e mexe lhes causava problemas, seríamos uma família comum.

Lembro que quase todo verão, o meu pai costumava me levar para acampar no lago do outro lado do condado. Nós dois pegávamos a estrada no seu *motorhome* caindo aos pedaços, mas completamente equipado, onde ele levava de tudo e mais um pouco: enlatados, cobertores, repelentes, pilhas, material de pesca, uma televisãozinha velha... E apesar do espaço ser um tanto quanto confortável ali dentro, nós preferíamos montar uma barraca no meio do mato, bem pertinho do lago que ficava aninhado nos vales estreitos das montanhas. Ele fazia uma fogueira, tomava umas cervejas e me deixava assar *marshmallows* até a hora de dormir; essa era a melhor parte do passeio, eu ficava observando as labaredas tostarem minha guloseima, me sentindo completamente atraído pelo fogo.

Lembro também que eu adorava observar minha mãe preparar o jantar enquanto meu pai não chegava do trabalho.

Obviamente, eu não tinha o menor interesse em aprender a cozinhar, nem prestava atenção nos ingredientes que ela usava ou na forma como preparava a comida. A única coisa que queria era ficar perto do fogo. Enquanto ela cozinhava suas deliciosas receitas com seu costumeiro avental xadrez preto e branco amarrado na cintura, eu ficava ao seu lado admirando as chamas que saiam do fogão, fascinado. Nessa época eu já sabia que seria um bombeiro quando crescesse.

O macarrão cozinhava e, como num desses momentos *deja vù*, me vi novamente fascinado pela chama do fogão. Senti como se tivesse voltado no tempo, uns doze anos antes. Eu estava ali, na cozinha do quartel, preparando uma rápida refeição, quando num átimo tive a sensação de estar em casa. Não a casa dos dias de hoje. A casa da minha infância. Aquela recém reformada, com grama e pintura nova. Ouvi ao longe a voz da minha mãe pedindo para eu me afastar do fogão, como ela costumava fazer. E enquanto eu observava aquela chama meio perdido na ilusão da minha memória, senti uma súbita e inexplicável vontade de tocá-la, como se uma voz interna me pedisse para fazer isso. Parte de mim dizia que aquilo não seria possível, talvez fosse o meu lado racional tentando me impedir de fazer uma loucura. Mas, naquela altura, eram as minhas emoções mais profundas que me dominavam. Algo dentro de mim insistia para eu confiar nos meus instintos. Eu devia confiar...

Então, sem pensar em absolutamente nada, num gesto impetuoso e inconsequente, encostei a minha mão no fogo, contrariando toda a lógica racional. Para o meu espanto, não senti nenhuma dor. Também não tive nenhum tipo de queimadura. Nada. O que aconteceu em seguida foi algo ainda mais extraordinário. Surreal. Virei a mão e, de repente, aquela pequena flama deslizou até a minha palma como se eu estivesse atraindo-a para mim. Como se pudesse controlá-la. A sensação era inexplicavelmente boa. Estava segurando o fogo sem me queimar, sem nem ao menos arder. Um misto de fascínio e incredulidade tomou conta de mim. Não conseguia acreditar naquilo que os meus olhos viam... Comecei a questionar a minha sanidade mental. Fiquei completamente atônito. Hipnotizado. Então, o alarme de emergência soou.

— Alerta! Alerta! — Era o alto-falante avisando que havia um chamado.

A chama que parecia flutuar na minha mão imediatamente se apagou. Eu não conseguia me mover, estava paralisado. *Aquilo tinha mesmo acontecido?*

— McRoy! — Alguém gritou.

Ouvi meu nome ao longe e logo voltei a mim. Os meus colegas se preparavam para atender a ocorrência e desciam rapidamente pelos canos. Ainda meio desorientado, vesti as minhas roupas o mais depressa possível e corri até os caminhões, onde todos já estavam devidamente posicionados. Os paramédicos seguiram na unidade de resgate, logo atrás. A adrenalina de um incêndio fez com que meu corpo saísse do estado de choque, me concentrei apenas na situação real de emergência.

Em Nova Iorque não cheguei a apagar nenhum incêndio de grande proporção, havia sido afastado antes disso. Eram diversas chamadas, mas nunca de natureza grave, como conter um pequeno vazamento de gás ou socorrer alguém tentando se jogar da ponte do Brooklyn. Costumávamos dizer que "resgatamos o gatinho na árvore" quando tudo terminava bem, sem mortos e feridos. Enquanto estive lá, tudo sempre terminou bem. O que eu não podia imaginar é que logo na minha pacata e tediosa cidadezinha iria atender uma grave ocorrência — como avisou o alto-falante enquanto passava as coordenadas do local —, pelo menos não tão cedo. Não no meu primeiro plantão.

Chegamos no local em menos de dez minutos desde a primeira chamada. Me deparei com uma casa de dois andares totalmente em chamas. As pessoas na rua gritavam desesperadamente, muitas delas jogavam baldes cheios d'água a fim de conter as enormes labaredas, sem sucesso. O pânico era geral.

— McRoy — gritou o capitão Dickson. — Coloque a

mangueira no hidrante!

— Capitão, eu gostaria de ir para o combate, tenho treinamento para isso...

— A mangueira, McRoy! — esbravejou ele. — Depois, libere a área. Retire as pessoas daqui. Há grande risco de explosão!

Algo me dizia que eu deveria entrar. Bastante contrariado, fui obedecer às suas ordens.

— Sim, senhor!

As informações, até então não confirmadas, eram de que havia três pessoas lá dentro, dentre elas, uma criança. O capitão designou que os mais experientes entrassem no local, obedecendo todos os procedimentos operacionais. Eu tentava afastar a multidão, bastante inconformado. Muitos não percebiam o perigo real, a vontade de ajudar falava mais alto. Mas esse era o trabalho dos bombeiros e, por melhor que fossem as intenções, baldes de água não dariam muito resultado. Do lado de fora eu observava alguns colegas ainda no térreo, avançando pouco a pouco, tentando controlar o fogaréu. Era eu quem deveria estar ali.

Depois de alguns minutos de operação, avistei o tenente sair da casa com uma mulher no colo, desacordada. Os paramédicos se aproximaram e a colocaram em cima da maca, ela respirava com dificuldade e logo recebeu os primeiros socorros. Em seguida, mais uma pessoa foi resgatada, dessa vez um homem, que saiu caminhando devagar apoiado entre outros dois membros do batalhão, não lembro seus nomes.

Através do rádio do capitão pude ouvir o tenente, que a essa altura já havia voltado para dentro da casa, pedir ajuda.

— Capitão, estamos avançando para o segundo andar e há muita fumaça aqui em cima, possivelmente de material inflamável. O corredor está tomado pelo fogo — informou ele, bastante aflito.

— Já acionei a Magirus com um esguicho aéreo — respondeu o senhor Dickson.

— Estou ouvindo um pedido de socorro, parece ser de

uma criança!

Nessa hora não consegui pensar em mais nada, coloquei minha máscara de gás e corri para dentro da casa. Ouvi a voz do capitão gritando o meu nome, decerto tentando me impedir de entrar, mas segui em frente sem nem ao menos olhar para trás. Dentro da casa tinha muita fumaça e era difícil enxergar alguma coisa, subi até o segundo andar o mais rápido que pude. Os outros bombeiros não perceberam minha presença de imediato, a tensão era total, labaredas tomavam conta do corredor e eles se concentravam em apagar o fogo.

— Tenente, de onde vem os gritos de socorro?

— O capitão mandou você aqui? — perguntou ele, me olhando com desconfiança e aparentemente exausto.

— Sim, senhor!

— Da última porta, ao final do corredor. Mas há alguns minutos não ouço mais — respondeu o tenente com um certo pesar em sua voz.

Aquela era a parte mais crítica, havia muito fogo que precisava ser contido para um resgate seguro. Eu estava sem mangueira, sem extintor, sem obedecer a nenhum procedimento de operação padrão. Mas naquele momento nada disso importava, senti que podia salvá-lo. Mantive a calma, respirei fundo e sem hesitar atravessei o corredor em chamas o mais rápido que pude. O fogo não me queimou como imaginei, eu podia sentir o calor intenso, apenas isso. Empurrei a porta com toda minha força para que ela se abrisse. Tinha muita fumaça dentro do quarto, mas as chamas ainda não haviam chegado ali, olhei para o chão e vi um menino desmaiado. Mais que depressa peguei-o no colo, ele tinha todos os sinais vitais, então abri a janela do quarto e coloquei sua cabeça para o lado de fora para que ele pudesse respirar. Ficamos ali por alguns minutos, enquanto a multidão lá em baixo nos observava. Ao perceber que o fogo do corredor estava sendo controlado, tirei minha jaqueta e enrolei no garoto.

— McRoy! — Ouvi o tenente me chamar. — Não consigo te enxergar, você está com a criança?

— Sim, aqui na janela. Pronto para descer.

— A área já está liberada!

Coloquei a minha máscara em seu rostinho e corri o mais rápido que pude. Passei pelo corredor cheio de fumaça e desci bem depressa as escadas acinzentadas até sair da casa em chamas. O menino recebeu os primeiros socorros imediatamente. Logo depois os paramédicos informaram que ele só sobreviveu porque foi resgatado a tempo, se inalasse aquela fumaça por mais alguns minutos teria morrido. Para a minha surpresa, fui recebido com aplausos e assobios pela multidão, algumas pessoas correram em minha direção e me parabenizaram com apertos de mão e tapinhas nas costas. Uma mulher esquálida, com os cabelos branquíssimos que mais pareciam chumaços de algodão, aparentando ter uns oitenta anos ou mais, se aproximou de mim amparada por um homem alto de meia idade. Ela me deu um abraço demorado com seus braços finos e trêmulos, e agradeceu por diversas vezes com sinceros "obrigada". O homem que a acompanhava teve de retirá-la dos meus braços lhe explicando que eu ainda tinha trabalho a fazer, então, bastante emocionado, me contou que eu acabara de salvar a vida do seu sobrinho, neto dela. Uma sensação de euforia invadiu meu peito, seguida pelo sentimento de dever cumprido. Minutos depois, o fogo foi totalmente apagado.

Mais tarde no batalhão, eu e meus colegas comemorávamos extasiados a operação bem-sucedida e sem vítimas fatais. Foi a primeira vez que interagi com eles. Ríamos, conversávamos e, a todo instante, um parabenizava o outro. Claro que o herói da noite fui eu.

— McRoy, o homem fogo! — exclamou um deles.

Caímos na gargalhada. Todos estavam estarrecidos com a minha coragem, ou insanidade, como alguns deles disseram. Exceto o capitão Dickson, que não parecia nada contente comigo.

— Aspirante, na minha sala — ordenou o senhor Dickson entrando e saindo do refeitório no mesmo minuto. Os rapazes ficaram em silêncio, baixaram e coçaram suas cabeças a fim de disfarçar o clima de tensão que invadiu o ambiente. Deduzi que viria uma bronca *daquelas* pela frente. Fui até a sala do capitão na esperança de que ele considerasse o fim justificando o meio. Eu o desobedeci. Mas, *ora*, também salvei a vida de um menino. Ele tinha de relevar.

— Capitão, eu gostaria de me desculpar.

— Sente-se! — falou ele, furioso.

— Sei que desobedeci a sua ordem, mas...

— Sim! Você me desobedeceu. *Você me desobedeceu*! — gritou o senhor Dickson com o dedo em riste. — E eu quero deixar uma coisa bem clara: foi a primeira e última vez! Não fosse pelo seu pai... — O capitão calou-se por um instante, pareceu lembrar de alguma coisa, talvez dos velhos tempos. Dos tempos em que ele e o meu pai eram grandes amigos. — McRoy, se isso tornar a acontecer... você estará fora — concluiu. O seu tom de voz já havia diminuído.

— Sim, senhor!

— O tenente veio com uma conversa fiada de que você passou no meio do fogo, sei lá o que. Também não me interessa! Quero que vá agora ao hospital e faça os exames necessários, você inalou muita fumaça tóxica.

— Mas... — Parei de falar ao ver seu olhar fuzilador. — Sim, senhor! — Saí da sua sala. Irritado.

Como ele podia falar assim comigo? Eu salvei a vida daquele garoto! O capitão devia me condecorar. Deveria ligar para o meu pai e contar o meu feito heroico. Fui para o carro chutando tudo que via pela frente, estava difícil conter a minha raiva. Era o meu dia de glória, ele não podia tirar isso de mim.

Enquanto estava sentado esmurrando o volante do carro da minha mãe, em frente ao batalhão, ouvi umas batidas na janela. Olhei para o lado pronto para gritar com quem quer que fosse, mas, ao vislumbrar uma linda mulher inclinada na porta do carro usando um vestido branco e um espartilho preto por cima, marcando seu esculpido corpo, me contive. Abaixei o vidro tentando identificá-la.

— Olá, Axel! Posso falar com você ou está ocupado demais brigando com o seu carro? — perguntou ela, se divertindo com a situação. Não acredito que viu aquele acesso de raiva. Me senti um perfeito idiota.

— Quem é você? — indaguei. Sabia que conhecia aquela mulher de algum lugar, só não lembrava de onde.

— Não acredito que você não lembra... — disse ela, me fitando com um olhar sedutor. Não conseguia mesmo me lembrar de onde a conhecia. Dei de ombros um pouco constrangido. — Você realmente não se lembra de mim? Mesmo depois de passar seu aniversário comigo...

— Lily?!

Ela sorriu e confirmou com a cabeça. Então, aquela era a tal Lily. Como eu pude esquecê-la? Ela era deslumbrante! Muito mais bonita do que na minha vaga lembrança. E meu aniversário tinha sido há apenas três dias.

— Posso falar com você? — perguntou ela, enquanto ajeitava seus longos cabelos pretos azulados para o lado.

Tudo que eu precisava naquele momento era tomar uma cerveja, conversar e relaxar um pouco. Lily era o motivo perfeito para isso.

— Na verdade, você apareceu na hora certa — respondi animado.

— É que sou boa com previsões. Posso entrar?

— Claro! Vamos beber alguma coisa?

— Sim. Mas não posso demorar... Tenho um voo daqui a uma hora.

Não consegui imaginar o que ela queria falar comigo, principalmente um pouco antes de viajar. Partimos em direção ao *pub* — ficava mesmo na estrada a caminho do aeroporto. O lugar era ponto de encontro dos rapazes do quartel, ouvi um deles dizer mais cedo. Isso explicava o fato do capitão saber sobre a briga.

No caminho conversamos um pouco. Apenas amenidades. Aproveitei para perguntar sobre a tal briga no dia do meu aniversário e que ainda me rendia uma inconveniente dor nas costas. Tinha esperança que Lily me dissesse alguma coisa que me fizesse lembrar o que de fato aconteceu. Mas ela me garantiu que fora embora antes de qualquer indício de confusão. Não sabia de nada. Eu continuava na estaca zero.

Logo do lado de fora era possível perceber que o local estava animado, com muitos carros estacionados na frente e várias pessoas circulando por ali. Era noite de sábado. Assim que entramos vi que alguns dos meus colegas estavam lá, inclusive Jesse O'Neill com seu inconfundível olhar de peixe morto. Para minha surpresa, o pessoal do quartel — com exceção do Jesse, claro — me recebeu com muitos aplausos e entusiasmados assobios. As palmas começaram a aumentar conforme as pessoas foram se dando conta de que eu era o bombeiro que salvou a vida do menino, até o momento em que todos se colocaram de pé para me aplaudir. Me aplaudiram durante alguns segundos memoráveis. Senti um orgulho enorme, meu coração disparou. Foi o instante mais intenso de toda a minha vida. Em seguida, as pessoas foram, uma a uma, me parabenizar com apertos de mão e palmadinhas nas costas. "Queremos conhecer o bombeiro herói", disseram entusiasmadas. O *bombeiro herói!* Ahh... aquelas palavras soaram tão bem aos meus ouvidos. Todas as atenções estavam voltadas para mim. E, por um instante, esqueci que Lily estava comigo.

— Acho que você está famoso por aqui — sussurrou ela no meu ouvido, em meio as pessoas que me rodeavam.

Era difícil não se deslumbrar com tantos elogios. Eu era o bombeiro herói e estava adorando meu momento de glória.

— Me desculpe, vamos sentar naquela mesa — sugeri, apontando para uma mesa vazia encostada na parede que dava para os fundos do bar, ao lado do balcão. Ela concordou.

Uma garçonete nos atendeu prontamente e, assim como todos os outros, me parabenizou com um simpático sorriso no rosto, além de nos oferecer uma bebida por conta da casa. Lily pediu o *drink* com vodca e morangos; eu, a boa e velha cerveja.

Mesmo afastado — e acompanhado — as pessoas ainda vinham falar comigo na mesa. Todo mundo queria ver de perto o bombeiro que arriscou a própria vida para salvar uma criança. Sabia que aquilo em nada ia além do meu ofício, mas, de uma forma ou de outra, existia mesmo um quê de bravura no meu feito, era inegável. E eu podia lidar bem com os elogios. Os mais curiosos faziam perguntas sobre o incêndio, mas me limitava a responder que "só fiz o meu trabalho". Aos poucos, as interrupções foram ficando mais esporádicas até cessaram de vez, quando um ou outro apenas acenava de longe. Só então pude conversar com Lily tranquilamente.

— Acho que agora podemos conversar — disse ela, depois de dar um gole no seu *drink* cor de rosa.

— Então me diga, o que você quer tanto falar comigo? Fiquei curioso.

— *Hum...* Nesse caso você não deveria ter atendido minhas ligações?

— É que... — Fiz uma pausa e procurei as palavras. De fato, eu a tinha ignorado. — ...Os últimos dias foram um pouco complicados... — O que não deixava de ser verdade.

— Não precisa se explicar, sei que um cara como você vive de uma forma muito ágil. Sempre em busca de glória, certo? — ironizou ela. Um cara como eu? O que Lily quis dizer com isso? Mas, antes que eu pudesse perguntar ela continuou: — Por esse motivo eu tenho uma proposta para te fazer.

— Proposta?

— Sim. Uma proposta de emprego.

— Emprego? Não. Obrigado — neguei. — Eu já tenho um. E, modéstia à parte, sou muito bem-sucedido, como você acabou de ver com seus próprios olhos. — Esbocei uma risadinha marota.

— O que eu vi aqui, Axel, foi uma clara demonstração de que você gosta do sucesso muito mais do que da sua própria vocação.

— O que você sabe sobre a minha vocação?

Lily ignorou a minha pergunta.

— Você não precisa responder agora, pode pensar.

— Não tenho nada o que pensar — afirmei. — Na verdade, achei que o nosso assunto fosse outro.

— Outro?

Ela pareceu refletir. Tomou mais um gole da bebida. Devia estar se fazendo de desentendida.

— Deixe-me terminar... Aí, então, você pensa a respeito e só depois me responde — insistiu.

— Tudo bem. Pode falar. — Se aquela mulher não fosse tão linda, eu já teria saído dali.

— Vamos dizer que isso seja mais do que um emprego. Vamos dizer que isso seja um convite. Uma oportunidade que transformará sua vida — disse ela, com um tom bastante misterioso.

— Um convite? Do que você está falando?

— Estou falando de vida nova.

— Mais nova do que essa? — questionei, apontando para o ambiente a nossa volta. — Novo quartel, novo capitão, nova cidade...

— A qual você odeia.

— Como sabe disso?

— Bom, foi você mesmo que falou. Aliás, você só falou sobre isso naquela noite... Disse que havia acabado de chegar e já estava completamente entediado. Não lembra? — Balancei a cabeça em sinal negativo, embora me lembrasse vagamente. — O que eu tenho para te oferecer é completamente diferente do que essa cidade pode te dar. Sabe esse gostinho de sucesso que acabou de sentir? Você teria muito mais disso. Muito mais sucesso, muito mais desafios... Ah! E muito mais dinheiro também!

— Quem é você? — perguntei intrigado, fitando seu belo rosto. Aquele olhar azul-celeste não revelava toda a verdade.

— Eu sou só a Lily. E essa é a pergunta errada.

— E qual é a pergunta certa? — Apesar de linda, sua conversa não era lá muito interessante. Não era isso que eu esperava ouvir. Já estava ficando irritado com aquele joguinho de palavras.

— "Quem sou eu" é a pergunta certa.

— Eu sei quem sou... Sou Axel McRoy, um bombeiro que salva vidas. Sou o herói da cidade.

— É verdade. Você é um herói. Mas você pode ser muito mais... se, decidir aceitar a minha proposta. Ou melhor, o meu convite.

— E... qual é esse "convite" sensacional?! — ironizei, me reclinando na cadeira de madeira extremamente desconfortável.

— Ophiuchus! Já ouviu falar?

— É óbvio que sim — respondi enfaticamente. — Uma das maiores empresas de tecnologia...

— Exatamente! — Ela me interrompeu avançando com seu colo alguns centímetros em minha direção. Cruzou os braços apoiando-os em cima da mesa e me olhou enigmaticamente. Senti um leve arrepio na nuca. Então, sem mais rodeios, me perguntou. — Interessado?

— Você está de brincadeira, não está?!

— Não estou — garantiu ela. — Você aceita o convite da Ophiuchus? — Naquele momento, percebi que o assunto era mesmo sério. Lily não estava brincando. — Aceita ou não aceita?

— Bom, e o que exatamente a *bilionária* Ophiuchus quer comigo?

O dono da Ophiuchus, o bilionário Montego Maya, estava constantemente nas capas de revistas famosas. Ele fez sua fortuna em menos de dez anos, depois de criar uma das maiores marcas do mundo. Não precisava ser tão entendido em tecnologia para saber que o cara era um gênio. Ele criou um império em apenas uma década.

— O senhor Montego está criando um projeto muito, muito especial. Em termos de tecnologia, claro! Ainda é tudo muito sigiloso...

— Sigiloso?!

— Bom, você sabe como essas pessoas podem ser excêntricas. — Ela riu. Enfim um sorriso autêntico. — O que eu posso te adiantar é o seguinte: o senhor Montego irá reunir alguns jovens para morarem em uma casa modelo, durante um ano.

— Um ano?! — indaguei espantado.

— Sim, um ano. Será uma espécie de teste tecnológico, você irá usufruir de todo luxo e modernidade de uma de suas casas... Em outro país.

— Em outro país? Eu não posso ficar fora por tanto tempo...

— Por um milhão de dólares! — interrompeu ela com um sorriso de satisfação no rosto. Aquele era o seu xeque-mate.

— Por um milhão de dólares... — repeti baixinho, um tanto quanto incrédulo. — Isso deve ser mesmo uma piada!

— Não é, Axel. É uma oportunidade única. Eu diria até *irrecusável*. O senhor Montego adoraria tê-lo como parte da equipe, ainda mais com suas habilidades...

— Habilidades? — O que ela poderia saber sobre mim e as minhas habilidades? Com um olhar vago, Lily apenas balançou sua cabeça devagar para cima e para baixo, sem responder a minha pergunta. Será que ela sabia sobre o fogo não ter me queimado? Mas isso seria loucura! Nem eu mesmo conseguia explicar o que de fato aconteceu... não, isso não era possível. Devia estar se referindo as minhas habilidades de bombeiro. Nada mais.

— Pense nisso. — Lily se levantou deixando um cartão em cima da mesa, ao lado da minha garrafa de cerveja. Então, me deu um beijo no rosto. — Aproveite a noite, eu pego um taxi até o aeroporto. — E saiu.

No cartão preto fosco, um pouco maior que os comuns cartõezinhos de visita, estava escrito "OPHIUCHUS" em letras prateadas e tinha um número de telefone abaixo. No lugar da letra "O" havia o desenho de um planeta em alto relevo, com anéis planetários brilhantes. Aquela era a logomarca da empresa, eu já tinha visto outras vezes, mas até aquele momento nunca havia chamado a minha atenção. Olhei fixamente para o desenho observando a riqueza dos detalhes e, por um instante, tive a ligeira impressão de que aquilo se moveu, como se o tal planeta estivesse em movimento naquele cartão. Obviamente, eu estava tendo um devaneio.

O meu sonho sempre foi ser bombeiro e pela primeira vez estava sendo reconhecido pelo meu trabalho. Esse era o melhor momento da minha vida, eu era o herói da cidade. Por outro lado, sabia que, passada a euforia do meu feito heroico tudo por ali voltaria ao normal, a habitual vida pacata e tediosa daquele lugar. Sabia que não aguentaria morar ali por muito tempo. Não tinha passado nem uma semana desde a minha volta, mas era como se eu estivesse ali há mais de um mês. Vários pensamentos invadiam a minha cabeça, aquela proposta havia mesmo mexido comigo e eu começava a considerar as possibilidades. Entre uma cerveja e outra, novas dúvidas iam surgindo e, de certa forma, para cada uma delas eu tinha uma resposta convincente para mim mesmo, como se algo muito forte dentro de mim me impulsionasse a aceitar a tal oferta de emprego. Era a chance de uma vida nova. No fundo, queria tudo o que Lily prometeu: sucesso, desafios e claro, um milhão de dólares! Me vi em um daqueles momentos decisivos da vida, onde uma escolha muda tudo, sem chance de volta.

MUDANÇAS DE ARES 3

Tudo aconteceu muito rápido, nem parecia real. Depois do encontro com Lily, liguei para o número do cartão bastante intrigado. No telefone falei com uma solícita mulher, seu tom de voz fora bem convincente, ela repetiu exatamente a mesma coisa que Lily havia me dito e completou: "caso aceite a proposta, tomarei todas as providências para sua viagem". A oferta parecia ótima, e eu não tinha muito a perder, pelo menos não naquele momento, não naquele fim de mundo. Depois de hesitar e fazer diversos questionamentos, aceitei. Mas somente quando vi a passagem aérea em minhas mãos é que comecei a acreditar que aquilo estava mesmo acontecendo — eu iria para o México, de primeira classe. As informações limitaram-se até o destino final, a partir dali eu não sabia o que me esperava. A tal mulher do telefone informou que não era preciso levar mala — com roupas, sapatos, esse tipo de coisa —, apenas os meus documentos e que, como tudo era muito confidencial, me explicariam todo o resto no desembarque.

Desde a conversa com Lily até o momento de partir passaram-se exatas trinta e duas horas. Nesse meio tempo aproveitei a sugestão do capitão — ou ordem, como ele preferia —, e fui até o hospital local, que ficava ao lado da casa dos meus tios William e Denise — a irmã mais nova da minha mãe —, e da minha priminha Angela. De dentro do carro avistei a enorme casa ainda amarela onde eu havia passado muitos feriados de Ação de Graças. Tia Denise era uma ótima anfitriã, adorava decorar sua casa nas datas festivas para receber a família. Pensei em lhes fazer uma visita, a última vez que os vi fora a uns dois anos atrás, numa viagem que fizeram para Nova Iorque. Por outro lado, sabia que não podia perder tempo. Essa visita teria de ficar para uma outra ocasião. Entrei no hospital com aquelas lembranças, um médico bem velhinho e muito atencioso me atendeu e, depois de me examinar com minúcia, concluiu que eu deveria tirar alguns dias de licença. De fato, eu havia inalado muita fumaça tóxica e uma intoxicação respiratória poderia aparecer até uma semana depois do incidente. Era o tempo que eu precisava.

Por um milhão de dólares meu pai apoiaria a minha decisão. Pelo menos eu esperava que sim. Ele havia de dar um jeito de transformar aquela *bendita* transferência em um ano de afastamento, sem me prejudicar; porém, como não tinha certeza disso, pedi a minha mãe para convencê-lo a segurar as pontas na corporação, depois que eu partisse. Não estava disposto a ouvir seus intermináveis sermões, muito menos suas ameaças de exoneração. Eu conhecia as consequências, mas quando o meu pai soubesse da minha decisão, eu já estaria longe o bastante e não precisaria lidar com elas.

Minha mãe ficou bastante preocupada com o tal convite, mas prometeu me ajudar com o meu pai. Ela sabia — mais do que qualquer um — que eu sempre ia atrás do que queria. E agora não seria diferente.

Nós mal tivemos tempo de nos despedir.

— Obedeça às recomendações do médico — pediu ela. As recomendações eram: hidratação e repouso. Claro que a segunda não seria nada fácil obedecer. Mas minha mãe não precisava saber disso.

— Pode deixar, dona Katherine. — Eu a chamava pelo nome às vezes para irritá-la. Mas, naquele momento, ela nem se importou com isso.

Uma única lágrima tingida de preto, por causa da maquiagem nos cílios, rolou pelo seu rosto preocupado e com algumas rugas, revelando sua meia-idade. Era nítida a tristeza em seus olhos, que ela preferiu esconder me dando um forte e confortante abraço, seguido de um sincero "boa sorte". Então, Wallace se prontificou a me levar até o aeroporto, gentileza era uma das qualidades do meu padrasto. Apesar da pouca convivência, tínhamos uma boa relação. Ele não me perturbava e vice e versa. A caminho do aeroporto ele também me desejou boa sorte. Também havia sido sincero.

O comandante informou que o voo duraria umas quatro horas. Eu ainda estava meio incrédulo e, apesar do ótimo serviço de bordo, não quis comer nada, meu estômago estava revirado tamanha era a minha ansiedade. Aproveitei o momento de sossego para refletir sobre tudo que tinha acontecido desde o dia do meu aniversário: a briga, o incêndio, Lily... Como pude esquecer seu belo rosto? Me perguntei se ela estaria no México, seria muito bom revê-la. Eu realmente precisava de um pouquinho de diversão, fazia um bom tempo que não tinha um relacionamento com uma mulher, pelo menos não um que tivesse durado mais de uma noite. Alguns outros pensamentos invadiram a minha cabeça, tentava entender o que havia acontecido no prédio em chamas. Mas, se por um lado eu queria relembrar dos detalhes do incêndio, para quem sabe, encontrar alguma explicação coerente sobre o que aconteceu; por outro, eu desejava apagar aquilo da memória. Tinha um certo receio de estar ficando louco. Coloquei o fone de ouvido a fim de me distrair com o filme antigo que passava na televisão. Mais pensamentos surgiram, dessa vez com o futuro, imaginei as maravilhas que me aguardavam e o sucesso que estaria por vir. Suspirei. Me ajeitei na poltrona e tirei um cochilo.

Todo mundo já ouviu falar da empresa Ophiuchus. Em Nova Iorque existem centenas de lojas da rede, os produtos, principalmente os eletrônicos, são vendidos em toneladas, todos os dias. O senhor Montego era conhecido por ser um homem visionário, estava sempre viajando pelos quatro cantos do planeta com suas palestras que ensinavam como empreender e enriquecer. Saía frequentemente, em capas de revistas de economia, negócios ou até mesmo de fofocas, pois ele costumava namorar mulheres bonitas e famosas. Era o tipo do cara que sabia como viver.

O voo durou as quatro horas que o piloto havia previsto. Assim que desembarquei no aeroporto Benito Juárez, um senhor franzino vestindo um terno azul marinho, com cabelos grisalhos e um bigode tipicamente mexicano se aproximou.

— Senhor McRoy? — perguntou ele. O homem tinha uma voz grave e um forte sotaque castelhano.

— Sim, sou eu.

— Por favor, venha comigo — orientou-me.

Do lado de fora, um motorista nos aguardava encostado em uma limusine branca. Ele era alto, robusto e estava devidamente uniformizado — com terno e quepe pretos e luvas brancas —, suas feições eram bastante afáveis e com um largo sorriso no rosto me cumprimentou:

— *Buenos días*, senhor McRoy.

Eu realmente estava começando a gostar daquilo. Entramos no carro em silêncio, percebi que o homem franzino não tinha a menor intenção de conversar, apenas me ofereceu uma bebida, mas que eu preferi recusar, meu estômago continuava embrulhado.

Era a primeira vez que eu estava no México. O trânsito quase caótico me permitiu observar calmamente aquele lugar incrível, de uma atmosfera bastante peculiar. Os monumentos e praças de estilo colonial, que pareciam contar uma história, contrastavam com a modernidade das pessoas apressadas vivendo o dia-a-dia daquela grande metrópole. Depois de vinte minutos percorrendo as ruas daquela charmosa cidade, chegamos ao luxuoso hotel — um prédio de mais de vinte andares, com uma imponente fachada em vidro espelhado — que ficava localizado numa grande e movimentada avenida.

Subimos até a cobertura, onde havia uma única e gigantesca suíte, então o homem franzino pediu que eu entrasse e foi embora.

A suíte era enorme e bastante iluminada, tinha o pé direito alto e papéis de parede em tons pastéis; os móveis eram imponentes, modernos, sofisticados e em todo canto havia obras de artes contemporâneas, aparentemente caríssimas — embora eu não entendesse absolutamente nada sobre obra de arte. Dali da entrada era possível ver uma varanda ampla e bem clara. Ouvi algumas vozes femininas vindas de lá e logo percebi que não estava sozinho. Me aproximei e vi, sentadas num sofá estampado de flores amarelas, duas garotas conversando alegremente. Uma loira e uma ruiva.

— Olá! — disse eu, interrompendo a conversa.

A ruiva se levantou e estendeu sua mão na minha direção, pude ver que era bem baixinha, tinha pouco mais de um metro e meio de altura. Um intenso raio de sol refletiu na garota deixando as sardas do seu rosto e o seu cabelo cor de abóbora ainda mais evidentes. Ela usava shorts, camiseta, botas countries com detalhes bordados em roxo e umas quinze pulseiras de miçangas no braço. Talvez mais.

— Samantha Wilson — apresentou-se ela, apertando a minha mão.

— Axel McRoy.

— Essa é Leonora Noronha — disse ela apontado para a outra garota.

— Mui... Muito prazer! — gaguejei.

— Olá! — falou a tal Leonora, enquanto retirava os óculos escuros do rosto e os colocava na cabeça. Pude ver os seus lindos olhos cor de âmbar, e, por um segundo, fiquei completamente hipnotizado com sua beleza exuberante. Sua pele, levemente bronzeada, tinha um tom de mel, assim como seus cabelos. Ela era radiante. Mas antes que eu pudesse dar uma boa olhada na garota dourada, escutei passos atrás de mim.

Uma terceira e excêntrica menina juntou-se a nós. Se eu não tivesse morado um bom tempo em Nova Iorque, teria me espantado com tamanha extravagância. Contudo, estava habituado com pessoas de estilos diferentes e não me choquei com seus cabelos coloridos e seu visual moderno. Ela usava um par de jeans rasgado, tênis amarelos e óculos escuros com uma lente em formato de coração.

— Uau! Esse lugar é imenso! Eu sou Gaia Young, muito prazer — apresentou-se ela, com um enorme sorriso. — Quem são vocês?

A ruiva tratou de, mais uma vez, fazer as apresentações: ele é o Axel, ela é Leonora e eu sou Samantha Wilson.

— Olá! Como vai? — cumprimentou a garota dourada. Ela tinha um sotaque sedutor que combinava com sua aparência.

— Latina? — perguntou a garota de cabelos coloridos. Leonora confirmou com a cabeça. — Qual lugar...? — Como quem muda de ideia, a tal Gaia fez um sinal com a mão para que ela não respondesse ainda. — Deixe-me tentar adivinhar... — Então, pensou por um instante segurando o queixo e em seguida opinou: — Brasil.

— Sim.

A garota dourada sorriu, revelando dentes perfeitos.

— Como você sabe? Leonora disse apenas duas ou três palavras... — perguntou Samantha.

— Eu sou ótima com sotaques! — respondeu, colocando uma mecha azul atrás da orelha. — E, a propósito... você é do Oeste dos Estados Unidos. Acertei?

— Acertou! — exclamou ela levando a mão até a boca meio aberta, mostrando-se impressionada.

— Hum... *Arizona*?

— Isso!! Arizona! — A ruiva ficou ainda mais boquiaberta. Em seguida, bateu palminhas empolgada.

— Acho que todo mundo tem algum talento... esse é o meu — disse a tal Gaia, convencida.

— Incrível!

Como eu não tinha a intenção de fazer parte daquele joguinho de adivinhações, me mantive calado, esperando passar a euforia das garotas. Além de que, meu sotaque sulista era inegável.

Gaia começou a fazer perguntas, queria saber mais sobre todos nós e como eu também não sabia nada sobre ninguém prestei atenção em tudo que diziam, tentando conhecer um pouco mais de cada uma delas.

A ruiva esbanjava simpatia. Morava no Arizona com seus pais e tinha verdadeira adoração pelos seus cavalos. Contou um pouco sobre a sua vida na fazenda e disse que seu apelido de infância era Sam. Percebi que estava escrito *"red hair don't care"* na sua camiseta, algo como "ruivas não se importam", aquilo combinava com seu jeito livre e despojado. A brasileira era exatamente o contrário, se mostrou muito reservada e falou pouco sobre a sua vida, mas apesar de parecer bem discreta, tinha um jeito sedutor que chamava muita atenção. Contou, sem muitos detalhes, que estava morando na Flórida há alguns meses, e que assim como Samantha também tinha um apelido de infância, Leo.

Gaia preferia fazer as perguntas, estava bastante curiosa, mas também falou um pouco de si. Claro que seu visual já falava bastante sobre ela mesma, de discreta não tinha nada. Mas apesar da excentricidade, do cabelo azul, roxo e rosa, havia muita sensibilidade em seu olhar, como dois extremos em uma só pessoa. Ela era de Wisconsin e, antes de aceitar ir para o México, estudava Literatura e outros idiomas. Isso explicava suas habilidades com as palavras.

Quanto a mim, me resumi em "um bombeiro de Nova Iorque", afinal, estar de volta ao Arkansas, mais precisamente no vilarejo de Riverbed, não era lá muito atraente. As garotas quiseram saber um pouco mais sobre a minha profissão, estavam interessadas nas minhas histórias, com exceção de Leonora, que se manteve *blasé* o tempo todo. Antes que eu pudesse contar algumas das minhas façanhas, em especial a última, mais uma pessoa apareceu ali, dessa vez um rapaz. O cara era alto, afro-americano e usava uma camisa laranja de um time de futebol americano, que não consegui identificar de onde. Sempre gostei muito de futebol americano, pelo menos até me mudar para Nova Iorque, quando acabei me rendendo ao *baseball* e me tornei um grande fã do *Mets.*

— Olá! Vocês estão aqui há muito tempo? — perguntou ele, enquanto apertava a mão de um por um. — T.J.

— Chegamos há uns trinta minutos — respondeu Sam.

T.J., ao contrário de Gaia, não parecia nem um pouco interessado em saber mais sobre nós, ficou observando o lugar, em silêncio. Depois de alguns minutos, ele se aproximou de mim e puxou assunto:

— De onde você é?

— Arkansas. Mas moro em Nova Iorque... Bom, mais ou menos isso. E você?

— Texas.

— Você joga futebol americano? — Eu quis saber.

— Jogo na faculdade — respondeu ele.

— Vocês têm alguma ideia para onde vamos? — perguntou Gaia. T.J. deu de ombros. Eu não sabia exatamente o que dizer.

— Acho que para a casa do senhor Montego... Não foi isso que disseram para vocês? — indaguei.

— Mas por que nos trariam para um hotel para, só depois, nos levarem até a casa do senhor Montego? — questionou T.J. Pela primeira vez ele parecia interessado no assunto.

— Esse hotel é do senhor Montego! — contou Gaia. — Será que é aqui que vamos ficar, então?

— Me disseram "casa" e não...

— Nós vamos para uma ilha! — interrompeu-me Sam. Todos olharam intrigados para ela, inclusive eu. — Intuição... — explicou, meio sem jeito.

— Intuição?! Que idiotice! — Estalei a língua em sinal de desaprovação. Imediatamente, um silêncio absoluto invadiu a suíte do hotel deixando um clima constrangedor no ar. Pelo jeito o único idiota ali era eu, é o que deveriam estar pensando. Mas falar a verdade era a minha marca registrada, e já que iriam conviver comigo durante um ano, teriam de aprender a lidar com a minha sinceridade ferina.

Enquanto disfarçavam, cada um à sua maneira, tentei encontrar duas ou três palavras a fim de amenizar aquele mal-estar, sem sucesso. Era difícil pensar em alguma coisa convincente, achava mesmo esse papo de "intuição" uma bobagem. Para a minha sorte, ouvimos uma voz feminina vinda da porta e esticamos a cabeça para ver quem era. Um tímido e sussurrado "olá" quebrou aquele clima desagradável que eu acabara de causar. A menina de cabelos castanhos e olhos azuis salvou a minha pele.

Claro que Gaia tratou de interrogá-la.

— Qual é o seu nome?

— Cindy LeClair. — Ela tinha um jeito meigo e delicado, parecia uma boneca de porcelana. — Sou do norte da província de Quebec — contou. Gaia não teve tempo de tentar adivinhar.

— Canadá? — perguntou T.J.

— Sim... — A menina baixou os olhos procurando o chão e ficou brincando com o pingente de pérola do seu colar. Gaia, que mais parecia uma repórter investigativa, também quis deixá-la inteirada no assunto e fez um breve resumo do que tinha acontecido até aquele momento.

A situação era completamente inusitada, naquela varanda havia seis pessoas desconhecidas, de lugares diferentes, que não sabiam nada sobre o que iria acontecer... Nós não imaginávamos o que estaria por vir. E, apesar de estar bastante confuso, sentindo-me ansioso, a impressão que tinha é de que eu realmente deveria estar ali. Me sentia em casa. Mais do que no Arkansas. Mais do que em Nova Iorque. Mais do que em qualquer outro lugar.

— Bonita, não? — perguntou T.J. discretamente, apontando com o queixo para Cindy.

— Sim, bonita. Mas a brasileira faz mais o meu tipo... —

expliquei, com um sorriso de canto de boca.

— Pelo jeito você não faz muito o tipo dela — ironizou ele. — Ela nem olha para cá.

Dei risada. Ficamos um tempinho conversando sobre futebol americano e alguns outros assuntos sem importância. As meninas conversavam um pouco mais afastadas, como se fossem amigas de infância. Ora ou outra, meus olhos procuravam pela garota dourada e cada vez que a encontravam, ela parecia ainda mais bonita.

Depois de algum tempo, o senhor franzino voltou ao quarto e apresentou-se formalmente.

— Meu nome é Miguel Chavez. Sou funcionário do senhor Montego e ele gostaria de saber se vocês estão confortáveis.

Todos nós acenamos com a cabeça, prestando o máximo de atenção em cada palavra que saia da boca daquele homem.

— Ele está esperando vocês — informou com seu sotaque castelhano.

Descemos os seis — eu, T.J., Leonora, Samantha, Gaia e Cindy —, ansiosos para conhecer o senhor Montego. Na entrada do hotel a mesma limusine branca nos aguardava, dessa vez o clima estava bem mais animado, as meninas não paravam de falar e até o senhor Miguel parecia mais simpático. Sam ligou o rádio e sintonizou numa estação local que tocava uma música animada.

— *Reggaeton!* — exclamou ela.

— O que é isso? — Quis saber Cindy. Assim como eu, ela também não conhecia.

— Música caribenha, o ritmo do momento! — Samantha pegou uma garrafa de champanhe e serviu uma taça para cada um. — Vamos fazer um brinde!

— Um brinde a uma nova amizade! — concluiu Gaia.

— Acho que vocês deveriam brindar a uma nova vida — sugeriu o senhor Miguel em tom misterioso. "Uma nova vida" repeti mentalmente, exatamente a mesma coisa que prometeu

Lily. O jeito do homem me pareceu meio suspeito, mas preferi não me preocupar com isso... Afinal de contas, não é todo dia que se toma champanhe francês dentro de uma limusine. Levantamos as taças e fizemos o brinde.

— A uma nova vida!! — dissemos os seis em uníssono. Discretamente, Cindy devolveu sua taça à Samantha sem beber um único gole.

Sam era a mais animada de todos, não parava de falar, estava sempre rindo e tentando adivinhar o que iria acontecer. Gaia também falava bastante, as duas juntas lembravam líderes de torcida animando o grupo, era divertido de ver. Claro que eu preferia prestar atenção em Leo, que parecia um pouco distante. O motorista parou o carro em uma pista de pouso, ao lado de um espetacular avião a jato. Mais uma surpresa da tal "nova vida".

— Uau! — exclamou Gaia. — Estou rica!!

Todos caímos na gargalhada. Mas era mais ou menos assim que eu estava me sentindo... rico e poderoso! Seria fácil me acostumar com aquele luxo. Entramos na aeronave. Havia seis confortáveis poltronas, quatro de um lado, duas de frente para a outra e duas do outro lado, uma de frente para a outra, e duas mesinhas com frutas frescas, sanduíches, sucos e sobremesas. Aquilo parecia um oásis no deserto. Foi então que me dei conta do quanto estava faminto, provavelmente havia comida e bebida no hotel, mas naquele momento ninguém lembrou de comer ou beber nada. Eu e T.J. sentamos de um lado e as meninas sentaram do outro. Enquanto eu saboreava um delicioso sanduíche de salmão com *sour cream,* quis saber um pouco mais sobre as garotas.

— Então meninas, vocês têm namorados? — perguntei em tom de brincadeira.

— Eu não! — respondeu Samantha enfaticamente.

— Eu também não! — confirmou Gaia.

T.J. ficou atento ao que Cindy iria responder. Ela manteve-se em silêncio.

— E quanto a você, Leonora? Tem namorado? — insisti,

sem êxito. Leo revirou os olhos com um ar de desdém e ignorou a minha pergunta. Mas ela era tão linda que até o seu jeito rude me encantava. Claro que Sam tinha uma piada a fazer.

— Pelo jeito você não tem chance, Axel.

— Eu não desisto fácil! — retruquei, arrancando risadas de todos, exceto de Leonora que permanecia com a cara sisuda. — E você, Cindy, o que acha do meu amigo T.J.? — Aproveitei o momento de descontração.

— Ei! Vá com calma... — sussurrou T.J. meio embaraçado, enquanto chutava o meu pé discretamente por debaixo da mesinha abarrotada de comida. — Não precisa responder — disse ele, olhando para a garota.

— Não tem problema... — ruborizou Cindy se encolhendo na poltrona. Os dois trocaram um breve e intenso olhar. Acho que tinha acabado de fazer um favor para ambos. — Será que terão outras pessoas além de nós? — perguntou ela, mudando de assunto. — Vocês sabem alguma coisa sobre isso?

Todos negamos com a cabeça.

— Ninguém sabe nada... absolutamente nada! — sussurrou Gaia.

— É assim que começam os filmes de terror. Ninguém sabe onde está, nem o que vai acontecer... — analisou Samantha, se divertindo com a situação.

Gaia então, impostou a sua voz e começou a narrar um conto de terror fajuto:

"Um avião com um grupo de jovens cai misteriosamente numa floresta amaldiçoada... Todos conseguem sobreviver a queda, mas ficam perdidos, com frio e fome, esperando o resgate... e, quando a noite chega, eles se dão conta que não estão sozinhos...".

— Ainda bem que a garota *sexy* é a primeira a morrer! — caçoou Sam. — Então... será você, Leo!

Caímos na gargalhada, inclusive Leonora que pela primeira vez parecia se divertir com a brincadeira. Se brava ela ficava linda, sorrindo ficava ainda mais.

— A não ser que a garota sexy tenha um namorado bombeiro para defendê-la — ironizei.

— Sem ele você não terá chance de sobreviver — acrescentou T.J.

— Prefiro ser atacada por um maníaco com uma serra elétrica! — resmungou ela.

Enquanto eu levava mais um fora da bela Leonora, todos riam da minha cara. Eu havia virado motivo de piada. Mas não me importava com isso, aquela garota seria minha mais cedo ou mais tarde. Ficamos uns vinte minutos no jatinho, a conversa estava tão animada que não percebemos que parte do percurso fora acima do Oceano Pacífico.

— Senhores passageiros, chegamos ao nosso destino: a ilha do senhor Montego. Coloquem os cintos que em instantes iremos pousar — informou o piloto.

— Você estava certa, Sam! — lembrou Gaia. — *Você estava certa!!*

"Você estava certa, Sam!", aquelas palavras confirmaram que eu havia sido um tremendo babaca. Olhei para Samantha constrangido, esperando que ela olhasse de volta para que eu pudesse me desculpar, embora não soubesse como. Mas pelo jeito, ela não se lembrou do meu infeliz comentário, ou nem se importou. Seu olhar se fixou em algum ponto através da janela do avião. Ela fitava o nada, entretida nos seus pensamentos que pareciam vagos. Distantes. Por um momento, seu semblante me pareceu preocupado, talvez a sua intuição não tenha sido das melhores.

Todos nós espichamos a cabeça o máximo que conseguimos tentando ver a ilha atrás de uma neblina que insistia em escondê-la.

— Vocês conseguem ver, rapazes? — perguntou Gaia, se esforçando para encontrar uma melhor posição na janela.

— Nada, nada — respondeu T.J. Antes que eu pudesse responder que também não via nada, a bruma se dissipou quase que de imediato, como se a ilha nos desse as boas-vindas. Daquele ponto ela parecia inabitada. — Agora eu vejo...

— Uau! — sussurrou Cindy.

— É tão grande — comentou Gaia empolgada. — Já consigo ver uma pista de pouso!

— É do formato de meia lua... Olhem! — Apontou Sam. Ela já havia saído do "transe".

— É uma ilha paradisíaca! — Vislumbrei. Eu mal conseguia acreditar naquelas palavras que acabara de pronunciar. *Uma ilha paradisíaca!*

Então, muito tranquilamente, a aeronave aterrissou.

DÉCIMO SEGUNDO SOL 4

Chegamos a ilha privativa do senhor Montego Maya. De fato, o seu formato lembrava muito o de uma lua no quarto crescente se vista do lado do continente. Eu e todos os outros estávamos embasbacados com a beleza do lugar. Havia uma enorme área descampada, onde ficava a pista de pouso e decolagem, duas pequenas montanhas ao longe e uma praia paradisíaca, com uma areia incrivelmente branca, lindas palmeiras e águas cristalinas. Próximo a praia ficava a imponente e luxuosa mansão.

Uma mulher negra, alta, com olhos bastante expressivos e cabelos trançados veio em nossa direção. Devia ter uns trinta anos e estava usando um terno branco impecável, aparentemente desconfortável, devido ao calor escaldante que fazia ali. Suas feições eram um tanto agressivas, ela nos observava com cara de poucos amigos e segurava um celular na mão.

— Sejam bem-vindos à *Isla de la Luna*! Venham comigo, por favor — pediu a mulher, de forma educada, porém fria.

— O que quer dizer isso? — perguntou Gaia em voz baixa.

— Ilha da Lua em espanhol — sussurrou Leo.

— Para onde vamos? — Quis saber Samantha.

— Para a casa do Senhor Montego — respondeu a mulher, sem mais detalhes.

Seguimos por uma estradinha de pedras. Samantha e Gaia foram na frente tagarelando. As duas gesticulavam bastante e, ora ou outra, soltavam uma sonora gargalhada. Leonora seguia em silêncio, um pouco atrás das meninas, bem na minha frente, de onde eu podia observá-la caminhando com seu vestido estampado em tons pastéis. Logo atrás de mim estavam T.J. e Cindy, eles conversavam em voz baixa e pareciam bastante entrosados. A distância entre a pista de pouso e a casa do senhor Montego era pequena, mas ao final da estradinha havia uma subida bem íngreme - não muito alta - que exigia um pouco de esforço. A mansão ficava num elevado, mais ou menos um metro e meio acima do nível do mar.

Leonora falou algo em sua língua, pareceu reclamar. Não entendi o que disse, mas percebi que se queixava da subida, estava usando um sapato altíssimo. Era evidente o seu excesso de vaidade.

— Algum problema, Leo? — perguntei, sem conseguir segurar uma risada. Ela, como de costume, me ignorou e procurou pelas garotas que já haviam subido e estavam bem à frente.

— Meninas, vocês podem me ajudar? — pediu.

— É só tirar o sapato — sugeriu Samantha, sem nem olhar para trás. A essa altura, T.J. e Cindy já haviam nos alcançado.

— Algum problema? — perguntou T.J.

— É que eu não consigo subir com o meu salto — reclamou Leonora. — Você pode me ajudar?

T.J. olhou rapidamente para mim como se esperasse um sinal de aprovação.

— Pode deixar, eu te ajudo — falei, sem fazer nenhum tipo de piada. Por dentro, eu estava me divertindo.

Leonora deu um suspiro profundo, retirou os sapatos rapidamente e passou por mim com um semblante convencido, jogando seus cabelos para trás.

— Cara, vai ser difícil, hein! — analisou T.J. ao passar por mim, enquanto pegava na mão de Cindy, ajudando-a subir. Fiquei alguns instantes para trás, me sentido desafiado e extremamente excitado.

Assim que subi pela ladeira íngreme e meio barrenta — decerto, acabara de chover muito por ali —, me deparei com a espetacular mansão do Senhor Montego. De dois andares, com paredes em vidro e arquitetura ultramoderna. Era difícil de acreditar no que estava diante dos meus olhos. Logo na entrada, havia uma enorme piscina com uma pequena construção no meio em pedra São Tomé, o acesso era por uma charmosa ponte de madeira. O estofado branquíssimo, reluzindo o sol desnudo bem a sua frente, tinha o formato arredondado e almofadas devidamente arrumadas em toda a volta. Uma espécie de *lounge* na piscina. Um espaço aconchegante entre as águas. Vi que na mesinha de centro havia várias velas aromáticas acesas das mais diversas cores, esmaecendo aquela brancura ofuscante. A mulher de tranças pediu que esperássemos ali, onde ela chamou de “ilhota”.

— Incrível! — exclamou Leonora com um sorriso no rosto, como se falasse com ela mesma. Pude notar um brilho em seus olhos.

Sentamos no *lounge* um tanto quanto atônitos. Vi em seus rostos uma expressão provavelmente igual a minha: deslumbrada. Havia uma piscina a nossa volta, uma casa em vidro de um lado e um mar turquesa de outro. Que lugar!

— Eu tenho certeza que esse ano vai ser incrível! — afirmou Sam.

— Espero pelo menos que tenham roupas de bom gosto... pediram para que eu não trouxesse nada — disse Gaia. Era inevitável pensar se ela sabia o que significava bom gosto. A menina usava um cabelo com as cores do arco-íris!

— Não tenho tanta certeza sobre isso, você viu aquele

terno branco? — ironizou Leo, referindo-se a roupa da mulher de tranças.

Percebi a presença de mais algumas pessoas. Dois homens e uma mulher apareceram conversando.

— Esse lugar é celestial! — exclamou o rapaz mais alto, olhando em toda a volta. Pela aparência o cara devia ser um surfista — usava uma bermuda florida, tinha os cabelos amarelados e a pele extremamente bronzeada. — Com esse vento e essa maré aposto que irão rolar altas ondas... — concluiu ele, aproximando a menina que estava ao seu lado num abraço.

— Contanto que não tenha um *tsunami* por aqui — falou a garota, desvencilhando-se dele. Ela tinha alguns traços orientais, seu cabelo era castanho escuro e estava perfeitamente amarrado para trás com um rabo de cavalo, seus olhos puxados tinham uma incrível cor verde esmeralda. Os três juntaram-se a nós. — Camélia Wang — apresentou-se a garota. — Esses são Paolo Malone e Lokesh Patel.

Gaia e Samantha se olharam tentando uma comunicação não verbal quando Lokesh, depois de ter sido apresentado por Camélia, pronunciou um afetuoso *namastê*. Parecia indiano, além da pele morena e dos traços característicos, usava uma roupa típica: um casaco preto longo todo bordado em dourado. Coisa fina, diferente de algumas roupas tradicionais que eu já tinha visto.

Todos nos cumprimentamos. Então, eles nos contaram que estavam viajando juntos há uma semana, mas assim como nós seis, apenas aceitaram o convite para estarem ali e não sabiam nada do que iria acontecer. A garota era de Cingapura, o surfista da Austrália e o tal Lokesh, como eu havia imaginado, da Índia. Camélia disse que eles tiveram de deixar suas bagagens para trás antes de embarcarem para a ilha, a pedido do pessoal da Ophiuchus, e a única informação nova que os três tiveram era de que seriam doze pessoas ao todo.

Ficamos aguardando ali no *lounge*, provavelmente os outros três. O espaço não era muito grande, mas estávamos bem confortáveis. Camélia contava, em detalhes, como tinha sido a última semana, ela e os dois rapazes pareciam enturmados, haviam passado alguns dias num dos hotéis do Senhor Montego, em Camberra. Gaia e Samantha não paravam de fazer perguntas aos três, estavam animadas com os "novatos", especialmente com o indiano. Elas eram quem mais especulavam e, ora ou outra, um deles dava uma opinião sobre o que iria acontecer conosco. Camélia e Lokesh também participavam da conversa, ouvindo mais do que falando. Paolo não parecia muito interessado em desvendar os próximos acontecimentos, então, juntou-se a T.J. e Cindy que estavam um pouco afastados.

— Como é mesmo o seu nome, *big rider*? — perguntou Paolo a T.J.

— Tyler Jones — respondeu ele. Foi então que fiquei sabendo o significado das iniciais T.J.

Paolo começou a falar sobre surfe e a contar algumas histórias que tinham acontecido durante suas viagens pelo mundo "em busca da onda perfeita", como ele mesmo disse. T.J. ficou aparentemente incomodado com tantas gírias e imitações de bichos marinhos que, de vez em quando, arrancavam risadinhas contidas de Cindy.

Leonora não fazia questão de interagir com as pessoas, parecia uma celebridade com seus óculos escuros de grife completamente indiferente ao grupo. Ela permaneceu em silêncio, recostada em algumas almofadas, fitando o sol.

— Já ouvi dizer que olhar diretamente para o sol faz mal... — disse eu, enquanto me sentava ao seu lado.

— O sol me faz bem — retrucou ela, inerte.

— É, eu tenho que concordar — falei, dando uma boa olhada na pele bronzeada da garota.

Ela baixou seus óculos escuros e olhou bem dentro dos meus olhos, analisando-me mentalmente. Depois tornou a colocá-lo.

— Certo — disse ela se aproximando um pouco mais de mim. Senti seu delicioso perfume penetrar nas minhas narinas, uma mistura de *patchouli* e pétalas de rosas, algo extremamente provocante. Com um olhar desafiador sussurrou: — Se você conseguir olhar para o sol por mais tempo do que eu, ganhará um prêmio.

— Hmm... Isso é uma aposta? — perguntei interessado. Leonora acenou com a cabeça em resposta afirmativa, então eu quis saber: — Qual é o prêmio?

— Você escolhe.

Olhei para o seu lindo rosto reluzente, por causa dos raios de sol.

— Eu quero você! — sussurrei discretamente. Ao contrário do que eu esperava, sua reação não foi nada agressiva. Leonora simplesmente deu de ombros, como se concordasse com a aposta, deixando-me bastante intrigado e um pouco preocupado também... O que será que ela iria querer caso ganhasse? — Mas e se...

— Se eu ganhar você terá de fazer tudo que eu mandar — interrompeu-me com um sorriso ameaçador no rosto.

Nunca na minha vida, ao longo dos meus vinte e um anos, fiz algo que alguma garota mandou. Nunca. Não sou o tipo romântico apaixonado, muito menos homem capacho. Mas se eu recuasse estaria demonstrando fraqueza e isso seria o meu fim. Eu tinha de aceitar o desafio.

— Eu topo! — concordei. Em seguida estendi a minha mão para selar o acordo. Ela apertou de volta. — Mas... você precisa retirar os óculos — conclui.

Claro que eu nunca havia tentado encarar o sol antes, mas sempre fui bom em ganhar desafios.

Leonora parecia determinada, retirou os óculos do rosto sem hesitar, se ajeitou um pouco mais no sofá, como se desse início a competição e, com seu já conhecido ar arrogante, voltou a fitar o sol. Sentei-me exatamente na mesma posição que ela estava, ao seu lado. No primeiro momento, senti um enorme incomodo com o clarão batendo no meu rosto, mas mantive-me firme, tentando me acostumar com aquela sensação desconfortável, que para Leonora parecia tão natural.

Depois de alguns minutos, talvez segundos — era muito difícil precisar o tempo que havia passado — meus olhos começaram a arder. Arder muito. E, por um instante, passou pela minha cabeça fechá-los. *Ela não iria saber mesmo.* Piscar repetidas vezes já não era suficiente para amenizar aquele desconforto e eu estava pensando em trapacear. Mas, por algum motivo, comecei a me sentir desleal com aquele tipo de pensamento. Não seria justo. Tentei me concentrar um pouco mais, embora já tivesse absoluta certeza de que nenhum esforço seria suficiente para superá-la. Onde eu estava com a cabeça quando concordei com aquilo? Então, consciente do meu fracasso, olhei para o lado completamente exaurido. Pontos pretos surgiram no meu campo de visão, me deixando meio desorientado. Leonora, por sua vez, mantinha-se imóvel, olhando para o sol com seu jeito convencido, sem dá uma única piscadela. Seus olhos estavam mais dourados do que o normal, com uma cor intensa, vibrante...

— Então... A primeira coisa que eu quero que você faça é... — Ela começou a falar, enquanto colocava seus óculos escuros novamente e olhava para mim. — Me deixar em paz!

Não conseguia acreditar no que acabara de ouvir, pensei que estivéssemos nos entendendo. Ainda um pouco tonto, pensei em protestar de todas as maneiras. Aquilo não era justo! Mas a minha cabeça começou a doer. Isso era o tipo de coisa que me deixava muito, muito irritado. Ela havia me feito de bobo.

— Como você quiser! — bufei.

Fui sentar ao lado de T.J., o mais distante possível de Leo. O surfista ainda contava suas histórias, como num monólogo sem fim. Olhei para a ladeira de acesso à casa e observei mais três pessoas chegando, novamente uma moça e dois rapazes. Eles se aproximaram, pareciam um pouco contidos, então, um por um se apresentou. Como eu estava bastante furioso, sentindo a dor na cabeça aumentar, não consegui prestar atenção em nada do que disseram. Mas observei que a garota era muito bonita, apesar de estar coberta da cabeça aos pés. Ela tinha mais de um metro e setenta de altura, usava um vestido meio largo, comprido e azul e um lenço que escondia parte do seu cabelo castanho escuro, talvez preto.

O trio mal teve tempo de se apresentar, logo a mulher de tranças voltou e pediu para que todos nós entrássemos na casa, ela ainda tinha o mesmo semblante sério, mal-humorado, e, dessa vez, estava acompanhada de um garoto com traços nativos americanos, de uns dezoito anos, por aí. Ele usava um enorme fone de ouvido cromado e comia batatinhas *chips.* E, ao contrário da mulher, parecia bastante simpático.

Todos nós entramos em silêncio.

5 AS QUATRO LUAS

A mansão do senhor Montego era espetacular. Nunca, em toda minha vida, imaginei estar num lugar tão luxuoso e sofisticado. Entrar naquela sala gélida, por causa do potente ar condicionado central, fez com que a minha dor de cabeça passasse instantaneamente. Eu ainda estava irritado, mas naquele momento, preferi esquecer o que Leonora havia feito e prestei atenção no que a mulher dizia.

— Vocês doze foram escolhidos pela Corporação Ophiuchus para uma oportunidade única. Essa é uma casa modelo, cedida pelo senhor Montego e adaptada para uma experiência tecnológica. Nela vocês encontrarão tudo de mais moderno que existe no planeta, boa parte ainda nem está no mercado. Aqui, como vocês podem observar, tem tudo que precisarão para viver, durante um ano.

— Um ano!! — exclamou o surfista. — Celestial!

Todos deram uma risadinha contida, inclusive eu, tamanha era a formalidade com que a mulher de tranças nos tratava. Claro que ela não gostou nem um pouco de ser interrompida pelo cara de cabelo amarelado e lhe lançou um longo olhar de reprovação, deixando o ambiente novamente silencioso.

— Continuando... — disse ela, com certa impaciência. — ...vocês terão um cronograma a ser seguido, uma rotina diária, com atividades ao ar livre para que possam experimentar todos os equipamentos. Dentro da casa há diversos eletrônicos que facilitarão bastante as suas vidas. E qualquer tipo de dificuldade com os aparelhos poderão recorrer ao senhor Morgan, ele é técnico em informática — informou apontando para o garoto do fone, que acenou com uma mão enquanto segurava o pote de batatas na outra. O garoto estava mais para um estudante do *High School* do que técnico em qualquer coisa, usava um par de jeans surrado, tênis vermelho da moda e parecia um tanto quanto entediado com toda aquela formalidade.

— Nós teremos *internet*? — perguntou Samantha em voz baixa e receosa.

— Vocês terão *internet* para entretenimento, pesquisas, esse tipo de coisa! Mas os meios de comunicação estão bloqueados, pelo menos nos primeiros dias... Para adaptação local e, principalmente, para que não haja vazamento de informações. Ligações, mensagens e *e-mails* estão proibidos até segunda ordem. A não ser que exista um motivo relevante, mas aí somos nós que decidimos — explicou a mulher com ar de superioridade, referindo-se a ela e alguma outra pessoa que pelo jeito não era o garoto. — Vocês terão de fazer uma avaliação semanal, uma espécie de questionário sobre os produtos Ophiuchus, mas falarei sobre isso depois. Hoje à noite haverá uma festa de boas-vindas, o senhor Montego quer conhecê-los.

— Festa!! — sussurrou Tyler empolgado, para que só eu ouvisse.

— A central fica há menos de dois quilômetros daqui, onde eu ficarei com os outros funcionários. Todos os telefones da casa têm linha direta comigo, basta discar o número dois e o número nove. Bom, agora o senhor Morgan irá mostrar a casa a vocês — suspirou ela com alívio por ter terminado. Então, foi em direção a porta principal com um andar sublime e deixou a mansão sem olhar para trás. Como pode alguém ficar de mau humor num lugar tão paradisíaco como esse?

Saber que aquela mulher não ficaria por perto o tempo todo me deixou bastante aliviado. Até eu conseguia ficar intimidado com a sua presença.

— Venham comigo! À propósito, podem me chamar de Drake — falou o garoto com a boca cheia de batatas *chips* enquanto se aproximava de uma estante branca modulada na parede do *hall* de entrada. — Estou há semanas trabalhando como um louco nesse lugar!! *"Drake isso, Drake aquilo"* — queixou-se ele, enquanto colocava o pote de batatinhas debaixo do braço e retirava umas pulseiras douradas da gaveta. Um bracelete, para ser mais exato.

— O que é isso? — Quis saber Sam.

— Isso são as suas chaves, minha jovem! Cada um tem a sua e, por favor, tentem não as perder. Semana passada eu perdi a minha pela segunda vez... Vocês precisavam ver a cara da Margaret — exclamou o garoto levando a mão na boca e dando uma risadinha. Ele entregou uma pulseira para cada um de nós.

Pelo jeito a mulher de tranças se chamava Margaret e até o tal Drake não gostava muito dela. Peguei o meu bracelete e coloquei no meu pulso, devia ter um centímetro e meio de largura, parecia folhcado a ouro e fechou com um "clique". Na parte de cima havia um relevo com o desenho de uma lua prateada. Se aquela pulseira fosse mesmo uma joia valeria uma fortuna.

— Isso é uma chave? — perguntou Gaia, bastante impressionada.

— Que cabelo maneiro!! — disse Drake ao virar-se para ela. — Parece um personagem de desenho animado. Legal!!

Um dos rapazes que chegou por último pigarreou, tentando chamar a atenção de Drake.

— Isso é uma chave?! — Ele repetiu meio impaciente a mesma pergunta de Gaia.

— Ah, sim... está vendo essa lua aí...? Ela é um sensor.

Basta aproximar a pulseira das portas para abri-las. Quero dizer, cada uma abre a porta de um dos quatro quartos e todas abrem as outras portas da casa.

— Essa mansão só tem quatro quartos?! — questionou Leo.

Drake coçou a cabeça, comeu mais umas batatinhas e deu de ombros. Então fez um sinal com o seu dedo indicador para que o seguíssemos.

— Essa é a sala de estar — disse ele, apontando com os braços por toda a volta.

De um lado ficava uma espaçosa sala de estar com modernos estofados, tapetes luxuosos e um enorme lustre de cristal que devia valer mais do que o meu carro. Drake retirou um celular do seu bolso de um modelo que eu não conhecia, provavelmente um dos eletrônicos que ainda não estavam no mercado, apertou um botão na tela e a parede de vidro fumê, que dava para a frente da casa e encostava na borda da piscina pelo lado de fora, se abriu.

Estávamos boquiabertos com tanto luxo, dali era possível ver toda a área externa e a piscina estrategicamente posicionada dando a sensação de borda infinita, com o mar de um azul impecável ao fundo. Por alguns minutos, ficamos — os doze — admirando o cintilar de uns poucos e discretos raios de sol refletidos na água da piscina, anunciando um belíssimo crepúsculo que surgia no horizonte. A garota de vestido longo se abaixou, colocou a mão na água e disse alguma coisa em árabe, parecia agradecer.

Apesar daquela casa ser incrivelmente luxuosa e estar localizada no meio de uma paisagem paradisíaca, havia uma certa frieza ali, como se todos aqueles móveis e objetos de decoração cheios de pompa e brilho fizessem parte do mostruário de uma loja sofisticada. Cindy também se abaixou para tocar na água.

— Está morna! — revelou ela.

— A piscina é aquecida — informou Drake, sem tirar os olhos do seu celular. — Vamos, ainda tem muita coisa para mostrar... E daqui a pouco vocês terão de se arrumar para a festa.

— Nós teremos roupas adequadas? — perguntou Leo.

— Ã-hã... — respondeu o garoto, ainda fitando seu celular.

— Duvido — resmungou Leonora em voz baixa.

Do outro lado, havia uma sala um pouco mais aconchegante com estofados confortáveis, diversas almofadas e um enorme tapete felpudo, daqueles que dá vontade de se jogar em cima e tirar um bom cochilo. Era a sala de TV. Na parede tinha uma televisão enorme, de umas setenta polegadas, e mais um monte de aparelhos de filmes, videogames, músicas... Além de prateleiras com uma infinidade de jogos. Tudo ali se movia e funcionava ao toque do garoto no *display* eletrônico.

— Ei, você! — disse ele, apontando para o rapaz que havia pigarreado impaciente. — Qual o seu nome?

— Aleksi Heikki.

— Qual é o seu jogo favorito, Aleksi Heikki?

— Hóquei — respondeu, sem hesitar.

Drake arregalou os olhos bastante surpreso com a resposta do tal Aleksi, que de fato não parecia ser uma pessoa lá muito esportista. Sem questionar, digitou alguma coisa na tela do celular, acho que o nome do jogo. E daquela fileira de jogos um moveu-se para frente, encaixando-se num aparelho bem pequeno, como quem escolhe música num jukebox. Em seguida, uma porta basculante se abriu automaticamente a mais um toque no *display*. Dentro tinha diversos consoles de *games*, pistolas, óculos 3D, essas coisas... Então, o jogo Hóquei no Gelo apareceu na tela da TV.

— Essa é minha obra prima. E aí, vamos jogar? — exibiu-se Drake.

— Isso é incrível! — elogiou Aleksi, balançando a cabeça em sinal afirmativo.

— Quer dizer... — começou o garoto, enquanto coçava a cabeça. — Tem que ser depois, agora eu preciso terminar de mostrar a casa para vocês.

— E filmes? Você tem os clássicos? — perguntou Samantha.

— Nós temos os clássicos, os lançamentos do cinema e... Aliás, nós temos um cinema — respondeu Drake, apontando para a primeira porta de um corredor largo e bem extenso. Então, nos levou até lá.

A sala era ampla, escura como um cinema de verdade, tinha umas vinte poltronas reclináveis, com mesinhas individuais e um telão na parede de uma ponta a outra. Na entrada havia um charmoso bar de doces recheado de guloseimas, uma geladeira de refrigerantes e um carrinho de pipoca vermelho, meio retrô.

— É 4D — gabou-se Drake. — As cadeiras simulam queda, vibração, aceleração, frenagem... ah, e não precisa pôr dinheiro para pegar refrigerante na máquina — brincou ele. — Basta apertar o botão.

Samantha sentou-se numa das poltronas e apertou o botão para incliná-la.

— Como eu posso escolher um filme? — perguntou entusiasmada.

— Está tudo aqui! — respondeu Drake, levantando a mão e mostrando seu *smartphone*. — Tem vários espalhados pela casa. — Então, ele pediu que continuássemos seguindo-o. — Vou levar vocês até a cozinha. Mas, tem um problema...

— Que problema? — Eu quis saber.

— Vocês terão de se virar para preparar as refeições... O cozinheiro fica do lado de lá! — Moveu a cabeça em direção ao lado leste da ilha. — Para a minha sorte! — sussurrou o garoto, como se falasse com ele mesmo.

— Isso não será um problema — comentou T.J. — Eu me viro bem.

Pelo extenso corredor iluminado, Drake nos conduziu até a cozinha. A maior e mais moderna cozinha que eu vi na vida. Tinha uma ilha central com um fogão digitalizado e uma coifa cromada bem acima, dando um ar imponente ao lugar. Todos os aparelhos eram altamente tecnológicos e os utensílios incrivelmente modernos. Eu nunca gostei de cozinhar, mas com tanta facilidade até que poderia me arriscar a preparar uns sanduíches mais incrementados.

— Nesse visor da geladeira você pode digitar o tipo de bebida que quer. Se quer água, suco, *cerveja*... — enfatizou o garoto, levantando as sobrancelhas. — Se quer com gelo, se não quer... — Ele fez uma breve pausa e digitou alguma coisa no visor. — Daí é só colocar o copo no dispenser e... *voilá*! — concluiu, enquanto fazia uma exibida demonstração. O copo se encheu de suco de laranja e por fim caíram algumas pedrinhas de gelo.

— Uau! — exclamou Gaia.

— Suco de laranja, minha jovem! — disse Drake, oferecendo o copo a ela. — Aqui é a despensa e tudo será devidamente abastecido por um funcionário. — Ele foi até um lado da cozinha e abriu uma enorme porta de correr. — Algum de vocês sabe cozinhar? Além do grandão ali? — Apontou com o queixo para T.J.

— Eu também me viro bem — respondeu Camélia, examinando a despensa com um semblante inexpressivo. — Vocês têm temperos naturais por aqui?

— Nós temos uma estufa com uma infinidade de vegetais, ervas, hortaliças... essas coisas naturais, que é cuidada por um sistema eletrônico de alta tecnologia.

Drake abriu a janela que dava para os fundos da casa, revelando uma linda vista para o jardim. Um coloridíssimo jardim. De repente, uma leve brisa trouxe o perfume suave daquelas flores cozinha a dentro. Percebi o encantamento das garotas, que nem precisaram dizer nada, pois suas expressões diziam tudo. Um pouco mais adiante ficava a *tal* estufa.

— O que é aquilo? — perguntou Tyler, referindo-se a uma moderna construção que ficava além da estufa.

— Ali é a academia. Desse lugar eu passo longe — disse ele, enquanto comia mais umas batatinhas. — Eu não entendo muito de aparelhos de ginástica..., mas posso garantir a vocês que lá tem tudo com tecnologia de ponta. Aposto que nunca entraram numa academia tão moderna.

T.J. abriu um sorriso de orelha a orelha.

— Legal!

— Um pouco mais adiante, não dá para ver daqui, tem um lugar onde ficam todos os equipamentos esportivos: bicicletas, *jet ski,* pranchas de surfe... — Drake apontou para Paolo.

— Demais! — exclamou o surfista. — De qual *shaper*?

O garoto pareceu não entender a pergunta e deu de ombros.

Todos voltamos para a sala de estar e subimos a enorme escada de vidro que ficava bem no centro, entre uma sala e outra. Drake explicou que havia quatro quartos e quatro banheiros, uma suíte para cada três pessoas, além de um *closet* com espaços separados para cada um de nós. Leonora pediu para vê-lo antes de qualquer outra coisa.

O *closet* era amplo, claro e todo encarpetado, mais parecia uma boutique de luxo. Havia doze espaços iguais com gavetas, prateleiras e cabideiros, e acima de cada um deles estavam escritas as iniciais dos nossos nomes em um letreiro luminoso, indicando o lugar de cada um de nós. Vi que logo na entrada do lado direito estava o meu espaço no *closet,* com um A.M escrito.

— Uau! Tem tudo aqui! Sapatos, acessórios, perfumes...! — exclamou Leo, enquanto explorava sua parte. — Caramba, isso é alta costura! — espantou-se. Ela segurava admirada um vestido preto com algumas lantejoulas brilhantes. Com toda certeza ficaria linda naquele vestido.

— A tal de Midori... — contou Drake.

— Midori?! — perguntaram todas as seis meninas em uníssono, com grande entusiasmo.

— Você não está falando sério! — Leonora parecia não acreditar. — A Midori é uma estilista famosíssima!!

— Sim, sim... Ela mesma.

— Isso é um sonho — suspirou Gaia.

— Meninas, vocês terão tempo para ver tudo... Daqui a pouco vão precisar escolher uma roupa para a festa... Agora, deixa eu mostrar as quatro luas para vocês — falou Drake.

— Quatro luas? — indagou o outro rapaz que chegou por último, sem ser o magricela que gostava de hóquei. Era a primeira vez que eu ouvia a sua voz.

— Como é o seu nome? — perguntou Drake.

— Vincent Nottingham.

— Ah, sim... Vincent... Quatro luas são os quatro quartos, na entrada de cada quarto há um sensor em formato de uma das fases da lua... nada demais, só mais uma excentricidade do senhor Montego. Ao aproximar sua pulseira ao sensor você descobrirá qual é o seu quarto.

— Como será feita a divisão dos quartos? — Quis saber Camélia.

— Na sorte. O quarto que abrir com a sua pulseira será o seu. Três pessoas em cada um.

— Eu não quero dividir o quarto com os rapazes — reclamou Leonora.

— Será que o destino nos quer junto, Leo? — zombei. A garota dourada me fuzilou com o olhar.

— Primeiro, mandei ficar longe! — esbravejou ela. Depois virou-se para falar com Drake. — Eu não vou dormir no mesmo quarto que ele! — exclamou Leonora apontando para mim, sem tirar os olhos do garoto.

— Calma, minha jovem! Olhe a sua pulseira... Está vendo que o detalhe da lua é em ouro rosé? Então, na pulseira das garotas a lua é em ouro rosé e na dos garotos a lua é em ouro branco...

— Ouro?! Isso é mesmo ouro? — perguntou Gaia.

— Eu não duvidaria disso — comentou Drake, pelo jeito também não tinha certeza. — Enfim... Meninas separadas de meninos.

— E se não conseguirmos ficar separados? — perguntei em tom de brincadeira.

— Idiota! — bufou Leonora, revirando seus lindos olhos âmbares.

— Bom, essa é uma casa toda equipada... Vocês poderiam viver aqui por muito tempo..., mas por favor, não comecem a habitar essa ilha! — caçoou o garoto nativo-americano.

Todos caímos na gargalhada — com exceção de Leonora que parecia bastante irritada com a piada —, enquanto seguimos em direção aos quartos. Mentalmente eu torcia para não ficar no mesmo quarto que o surfista, tinha certeza que não aguentaria suas histórias lendárias por muito tempo.

O ASTRO REI 6

Tudo naquele lugar era computadorizado e muito prático, bastava um toque no celular para Drake acender a luz, mudar a intensidade, ligar o climatizador, mexer na temperatura, regular os sofás, preparar bebidas, separar roupas, abrir portas, janelas, armários, cortinas e etc. Ele ia passando pelos cômodos, e por mais que explicasse com uma boa dose de paciência como tudo funcionava, ainda levaria um bom tempo para eu aprender a utilizar tanta tecnologia. Acho que era uma das casas mais tecnológicas do planeta, onde eu iria morar durante um ano. Aquela era a mansão Ophiuchus.

Havia uma saleta com duas poltronas estilo provençal entre o *closet* e um extenso corredor, por onde seguimos em fila — quase indiana. Nas paredes, enormes quadros com pinturas abstratas e cheias de cor davam vida àquele corredor de uma brancura ofuscante. Drake parou entre duas portas. Nós doze paramos atrás.

— Esses são os seus quartos, rapazes — informou Drake. — Aproveitem! — E seguiu com as garotas até o final do corredor.

— Já disse para ficar longe! — resmungou Leonora, após

esbarrar em mim, antes de seguir com Drake e as meninas.

— Isso me parece paixão reprimida — elucidou-me o rapaz ao meu lado, o mesmo que havia escolhido o jogo. Ele tinha os cabelos longos e castanhos com uma mecha branca na franja, e uma parte da cabeça, do lado direito, raspada; usava um alargador não muito grande na orelha, do mesmo lado raspado e uma camiseta de uma banda de *rock*, com algo escrito em uma língua complicadíssima. — Aleksi — apresentou-se ele.

— Axel McRoy.

— Há quanto tempo vocês se conhecem? — perguntou ele, apontando para mim e para Leonora, que já estava distante.

— Há algumas horas.

O rapaz magricela se espantou.

— Pelo jeito esse vai ser um longo ano — sentenciou com um ligeiro sorriso. — Vocês são todos americanos?

— Acho que a maioria — respondi, enquanto aproximava meu bracelete do sensor com um desenho de uma lua crescente no visor, ao lado da porta de vidro preto fosco. Não dava para ver absolutamente nada dentro do quarto. Então, a porta automática se abriu e eu entrei. Vi que do lado de dentro tinha outro sensor, aproximei novamente o meu bracelete e a porta fechou. Aquele era o meu quarto. O rapaz com a mecha no cabelo repetiu o mesmo gesto que eu e fez a sua tentativa — do lado de dentro era possível ver tudo do lado de fora, no corredor —, a porta também se abriu.

— Seremos colegas de quarto — falou ele se jogando em uma das três camas. — Ei, qual é o nome da garota de cabelo colorido?

— Gaia.

— Gostei dela. Tem um visual diferente...

— Com certeza combina com o seu visual.

Demos risadas.

— Os outros três já estão instalados no quarto ao lado, por exclusão esse é o meu — falou o indiano enquanto entrava no quarto lua crescente. — Eu sou Lokesh Patel.

— Axel McRoy.

— Aleksi. Talvez o seu seja o quarto das meninas, lá que usam roupas desse tipo — caçoou.

— Esse não é o quarto das meninas?! Onde os cabelos são compridos e com mechas? — retrucou Lokesh em tom de brincadeira, arrancando-nos boas risadas.

— Isso é estilo! Estilo Deus do *rock*... *finlan•ês*.

— E as garotas gostam disso? — perguntou o indiano, que logo completou. — E o seu americano, é o estilo soldado Guile? — zombou ele, referindo-se a mim.

— Se eu sou o soldado Guile, então ele é o Vega — falei, apontando para Aleksi.

No mesmo instante, o finlandês deu um pulo da cama e imitou o cumprimento do personagem do *game*, fingindo segurar uma máscara. Ainda curvado, virou-se para Lokesh e apontou.

— E você é o... *Dhalsim*!

Nós três caímos na gargalhada. Nessa altura tudo havia virado piada. Ele e o finlandês mostraram-se extremamente divertidos.

— Tudo bem... Tudo bem... eu posso ser o Dhalsim... — Lokesh levantou as mãos num gesto de rendição. — E sabe o que isso significa? Que vamos ter que lutar!! — exclamou o indiano em tom de brincadeira, enquanto esticava a perna no alto, como o "seu" personagem.

— Queda de braço!! — exclamou Aleksi.

Há muito tempo eu não me metia em uma queda de braço, porque na maioria das vezes acabava machucando alguém, mas há muito tempo também não me sentia tão feliz e animado. Puxamos uma mesinha redonda de madeira e duas poltronas de vime que estavam na sacada e colocamos no meio do quarto. Sentei de um lado e o finlandês sentou-se do outro, apoiamos nossos cotovelos na mesa, então entrelaçamos nossas mãos.

— Esperem — pediu Lokesh. Ele correu até a porta,

colocou a cabeça para fora do quarto e gritou. — *Dakho,* temos um *show* aqui!

Os outros três rapazes surgiram rapidamente e quando viram o que estava acontecendo começaram a vibrar.

— Senhores, façam as suas apostas — brincou Lokesh, engrossando a voz o máximo possível para parecer com um locutor de luta. — De um lado está ele, o americano vindo diretamente de... — Fingiu segurar um microfone e aproximou sua mão até a minha boca para que eu respondesse.

— Arkansas.

— Arkaaansas — repetiu ele enfaticamente, arrancando gargalhadas de todos. — Pesando com certeza mais que seu adversário... Ele, querendo garantir o cinturão... Senhoooor McRooooy.

Levantei o braço que estava livre pedindo aplausos da torcida. Então, Lokesh continuou.

— Do outro lado, apático pela falta de sol e, *baguan kelie,* com uma mecha bizarra no cabelo — ironizou Lokesh ainda com a voz grossa. Aleksi mostrou o dedo do meio com a sua mão livre. — Ele que veio de... — O indiano repetiu o mesmo gesto simulando o microfone.

— Helsinque.

— Heeeelsinque! Um lugar muito frio. Ele que quer ser o novo rei *viking* do rock... Aleeeeksi.

Os três rapazes estavam rindo bastante da encenação do indiano e em uníssono repetiam *"Fight! Fight!".*

— Façam suas apostas. Façam suas apostas! Você? — perguntou Losekh, apontando para Paolo.

— Bom... Esse é o quarto lua crescente e hoje é o primeiro dia de lua crescente... então, acho que está favorável para os dois — argumentou o surfista.

— Obrigado pela sua ótima contribuição! — zombou Lokesh. — Quanto a mim, prefiro me abster pela minha segurança... Já que terei que dormir nesse quarto.

— Vamos Logo! — gritei impaciente. — Vamos ver

quem é o rei do quarto!!

— Eu estou pronto, McRoy — falou o finlandês, jogando os cabelos para trás. Lokesh segurou nossas mãos e iniciou a contagem regressiva.

— Cinco, quatro, três, dois, um. Vai!

Me surpreendi com a força de Aleksi, esperava ganhar com bastante facilidade, afinal de contas, ele era magricela, tinha um jeito de ficar em frente ao computador o dia inteiro, sem fazer nenhum exercício físico. Mas depois de colocar um pouco mais de força, o braço dele tombou.

— Temos um vencedor! — exclamou Lokesh, enquanto levantava a minha mão e mostrava meu bíceps. Aleksi fez alguns xingamentos em finlandês.

— Ahhh — rugi. — Eu sou o rei do quarto!

— Oh! Vossa majestade! — Aleksi me reverenciou com ironia.

— Ei, rei do quarto! Vamos ver se você consegue me vencer. — Tyler me desafiou enquanto levantava da cama e arregaçava as suas mangas. Ele havia colocado um moletom por cima da camiseta de futebol americano, provavelmente por causa da temperatura baixa dentro da casa.

— Desafio aceito!

Lokesh se empolgou novamente.

— Mais um desafiante tentando conquistar o cinturão! — falou com a sua voz de locutor. — De um lado ele, nada mais nada menos que... O *rei do quarto*!! Do outro, seu desconhecido adversário.

Em meio a muitas risadas, eu e T.J. nos posicionamos. Dessa vez, todos fizeram a contagem regressiva: "três, dois, um". E num piscar de olhos meu braço tombou com tanta força que a mesinha se moveu bruscamente em direção a cabeceira da cama.

— Rei Tyler! — fanfarreou T.J. Ele levantou seu braço num gesto de vitória.

— Rei Tyler! Rei Tyler! — alardeou o rapaz do outro

quarto.

— Obrigado, Vincent! Obrigado, meu súdito!! Quem é o rei agora?? — provocou-me em tom de brincadeira. Nesse momento, percebi que não havia sido apresentado formalmente ao tal Vincent.

Eu estava impressionado. Não só por ter perdido, afinal T.J. era mais alto e musculoso do que eu. Mas, a rapidez com que perdi foi algo realmente assustador. Olhei para Aleksi e ele me olhou de volta com um semblante bastante intrigado, provavelmente estava pensando o mesmo que eu. Como alguém podia ter tanta força? Dei palmadinhas nas costas de Tyler meio a contragosto, parabenizando-o por ter me vencido tão fácil. Minha cara não devia ser das melhores, não gostava de perder, nem de brincadeira. Gaia e Samantha apareceram na porta.

— Está tudo bem aí? — perguntou Sam.

— Está! — respondi. — Por quê?

— Ficamos preocupadas! Ouvimos um barulho e pensamos que tinham quebrado alguma coisa — contou Gaia, enquanto observava a bagunça que havíamos deixado no quarto em tão pouco tempo. — Vocês não vão se arrumar? Drake avisou que a festa vai começar em uma hora.

— Já estamos indo — disse eu.

— Vamos — sugeriu Tyler aos seus colegas de quarto. — Até breve, meus súditos! — Os três rapazes do outro quarto — lua cheia — saíram. Gaia e Samantha também.

— Vocês perceberam... — Lokesh começou a falar e Aleksi o interrompeu.

— Sim! Percebemos! Quero dizer... Ele percebeu. — Aleksi apontou para mim. O finlandês abriu a boca para falar mais alguma coisa, mas desistiu. — Deixa para lá!

— Num instante meu braço estava posicionado na mesa e no outro, numa fração de segundos, fora parar há um metro de distância, levando a mesinha junto — lembrei. — Eu nem senti nada, foi muito rápido. O cara tem uma força sobrenatural!

— É... — sussurrou o finlandês, pensativo.

— Bom, não sei quanto a vocês..., mas eu vou escolher um lindo *sherwani* para impressionar as garotas — declarou Lokesh, levantando suas sobrancelhas maliciosamente, enquanto colocava a mesinha no lugar.

Depois que ele saiu, Aleksi puxou uma das poltronas e se sentou ao meu lado. Eu estava encostado na cabeceira da cama, com as mãos atrás da cabeça e quando olhei para ele percebi o mesmo semblante intrigado de minutos atrás.

— Eu li sua mente, cara.

— Leu a minha mente?! Do que você está falando?

— Isso acontece às vezes, sei lá! É muito estranho, não sei explicar. Mas, quando você me olhou, ouvi nitidamente você pensar que "era impossível ele ganhar com tamanha facilidade". Não sei se você me entende... eu devo estar meio doidão!

Aleksi baixou a cabeça pensativo, parecia meio confuso e arrependido de ter falado aquilo. Naquele momento, lembrei de tudo que havia acontecido comigo no Arkansas. Lembrei do garoto que consegui salvar no incêndio. Do fogo na minha mão...

— Digamos que você não esteja *tão* doidão assim...

— Você está pensando em me testar? — perguntou ele, levantando a cabeça.

— Essa foi fácil, mas não conta! — Ele riu. Ainda parecia arrependido. — Sim! Vamos fazer um teste. Eu vou pensar em alguma coisa. Certo?

Aleksi balançou a cabeça em sinal afirmativo, confiante. Fechei os olhos e tentei me concentrar em alguma coisa bem específica. Diversas imagens surgiram na minha cabeça, mas nenhuma muito nítida. Então, de repente, o rosto claro e vibrante de Lily apareceu na minha mente, ela me fitava com seus olhos azuis penetrantes... eu até podia sentir o seu perfume, ouvir a sua voz...

— Quem é Lily? — perguntou ele convencido.

— Ooow, cara... Agora você está me assustando!

— Entende o que eu estou falando? — Eu balancei a cabeça em sinal afirmativo, completamente embasbacado. — Claro que não é sempre que eu consigo fazer isso. Também não é assim tão fácil, funciona melhor quando o pensamento da outra pessoa é claro o bastante. E, pode acreditar meu amigo, isso não costuma acontecer. A maioria das pessoas se mantêm tão ocupadas que não conseguem se concentrar direito em absolutamente nada.

Enquanto ele explicava como conseguia "ler pensamentos", comecei a abrir as gavetas do criado-mudo, procurando por um...

— Achei! — Eu acabara de achar um isqueiro e pedi a sua atenção. Ele não parava de falar, estava empolgado, provavelmente aquele era um segredo que não costumava dividir com ninguém. Me posicionei bem a sua frente e acendi o fogo. Ele fez silêncio e observou atentamente. Encostei na pequena chama que saía do isqueiro e ela deslizou para a palma da minha mão, exatamente como havia acontecido na cozinha do quartel. Tive a mesma sensação... *fascinante*. Aleksi olhou atônito.

— Uau!

— Antes de vir para cá, atendi um incêndio de grandes proporções — comecei. — Tinha um menino que estava sozinho, trancado no último quarto da casa... Meus colegas tentavam apagar o fogo do corredor, com muita dificuldade. Eu sabia que não tínhamos muito tempo, o menino já havia parado de gritar por socorro... Então, sem pensar em nada, corri em meio às labaredas e derrubei a porta. Encontrei o menino desmaiado por causa da fumaça, levei-o até a janela para que ele respirasse oxigênio. — Aleksi estava impressionado, ora olhava para o fogo na minha mão, ora olhava para o meu rosto, me perguntando com o olhar o final da história. — O garoto sobreviveu.

Ele sorriu.

A porta do quarto se abriu. Instintivamente fechei a mão, apagando a chama. Lokesh segurava um cabide com uma daquelas roupas indianas e, ainda do corredor, nos apressou.

— Vocês vão ficar aí de conversinha? Temos uma festa para ir! — disse ele bastante animado e tornou a fechar a porta.

— Acho que não somos só nós dois que temos alguma anomalia.

— Anomalia?! — Ri de nervoso. *Será que eu era uma aberração?*

— Calma, cara. Isso não é tão mal assim... Você salvou a vida de um menino!

— Sim, salvei. Mas o que você quis dizer com "não somos só nós dois"?

— Bom, você mesmo disse que a força do tal T.J. lhe pareceu algo sobrenatural.

— É, se tivesse sido o seu bracinho fracote — caçoei. — Mas o meu?!

— Hum!

— Uma força sobrenatural...

— Eu posso ler mentes, você consegue tocar no fogo e o Tyler é muito forte. Será que nós três somos algum tipo de super-heróis?

— Achei que éramos os *Street Figthers!*

Caímos na gargalhada. Aleksi se levantou e foi pegar a sua roupa para a festa. Claro que estávamos fazendo piada porque, na verdade, aquilo era bastante assustador. Pelo jeito, ele assim como eu, não conseguia explicar o motivo desses fenômenos acontecerem conosco. Novamente me encostei na cabeceira da cama, enquanto todos os outros se arrumavam para a festa.

Comecei a me lembrar do que havia acontecido mais cedo na área da piscina, quando perdi a aposta para a Leonora.

Não consegui olhar para o sol por mais de um minuto, a sensação era extremamente desconfortável. Mas para ela parecia algo fácil, comum, como se já estivesse habituada e até confortável com aquilo. Talvez também tivesse algum tipo de "anomalia", como disse Aleksi. Algum tipo de poder. Além daquele que estava começando a exercer sobre mim.

PLANETA VERMELHO 7

Depois de tomar um merecido e relaxante banho, coloquei um roupão branco que encontrei dobrado em cima da pia de granito do banheiro e fui até o *closet*, ele parecia menor. Percebi que tinha uma porta de correr separando o lado dos garotos do lado das garotas e estava fechada. Me aproximei do armário e fiquei impressionado com as roupas que haviam escolhido para mim, era tudo o que eu costumava usar, só que muito melhor! Camisetas, calças, sapatos, cuecas... tudo novo, sofisticado e, provavelmente, caríssimo. Eu jamais poderia pagar por aquelas coisas de grife. Os rapazes estavam terminando de se vestir, com exceção de Lokesh que já estava pronto, admirando-se em frente ao espelho.

— Isso aqui é muito melhor do que os figurinos de *Bollywood*.

— *Bollywood*?! — indaguei.

— A *Hollywood* da Índia, não conhece?

Dei de ombros, enquanto retirava um par de jeans e uma camiseta branca do cabide.

— Você vai usar isso? — perguntou ele em tom de crítica. — É muito, muito sem graça.

— Não vejo nada de errado nessa roupa.

— É, cara, eu tenho que concordar com ele... Está muito simples isso aí! Tem que ter mais estilo — disse Aleksi, enquanto colocava um pé seguido do outro dentro da sua calça jeans desbotada.

— Mas você também está simples — argumentei. Ele também usava jeans e camiseta.

— É diferente, cara! Essa é a minha *vibe*... "Deus do rock", lembra? — falou fazendo o gesto de *maloik* com a mão e colocou a língua para fora. — *Aqui é heavy metal!*

— Espere um pouco — pediu Lokesh. O indiano foi até o seu armário procurar alguma coisa para eu usar.

— Será que o poder dele é ser um "super" estilista? — sussurrou o finlandês para que só eu ouvisse, achando a maior graça da sua própria piada.

— Melhor não falarmos sobre isso com ninguém — sugeri. Ele concordou com a cabeça. Lokesh voltou segurando um paletó tartan vermelho.

— *Tcharam*! Isso sim combina com um rei.

— Opa, opa! O rei sou eu!! — exclamou Tyler que estava sentado em um banco redondo estofado, calçando um elegante sapato preto de verniz.

— Eu não vou vestir isso de jeito nenhum! — afirmei.

— Só experimenta, cara — insistiu o indiano. Pelo jeito ele não ia desistir de me fazer experimentar aquele *troço* vermelho. — Se não gostar, não usa. — Ele balançou a cabeça como um pêndulo.

— Se não experimentar, ele não vai te deixar em paz — falou Aleksi. E ele tinha razão.

Nunca havia usado aquele tipo de roupa, sempre gostei de modelos básicos, tipo calça jeans e camiseta branca. Quando queria variar bastava mudar a cor da camiseta para uma preta, verde ou azul e pronto. Era difícil me imaginar com outro tipo de roupa, além do uniforme do corpo de bombeiros, claro! Mas, para a minha surpresa, aquele paletó vermelho caiu muito bem em mim. De fato, aquele era um visual bem interessante.

— Até que você mandou bem — admiti, olhando-me no espelho. — Não imaginei que fosse ficar tão bom!

— Nós indianos sabemos nos vestir! — gabou-se Lokesh. Em seguida, ele e todos os outros saíram do *closet*. Eu era o único que ainda não tinha terminado de me arrumar. Tentei me apressar, não queria chegar por último, afinal de contas, era a festa do senhor Montego. Penteei o cabelo rapidamente como de costume, dei duas borrifadas de um perfume que estava no meu armário. *Uau!* Que cheiro bom! Me olhei no espelho para uma última conferida no visual e desci mais que depressa.

Lokesh e Aleksi conversavam na sala de estar. Tyler e Paolo jogavam videogame do outro lado.

— Onde está Vincent? — perguntei, me aproximando dos rapazes na sala de TV. Eu queria jogar uma partida. Pelo visto nenhuma das meninas estava pronta.

— Está aparando a barba há duas horas — falou Tyler sem tirar os olhos da televisão.

— Sou o próximo a jogar! — disse eu.

— Celestial! — exclamou o surfista. Não entendi o que quis dizer. Ele estava com uma estranha combinação de camiseta rosa florida, bermuda verde fluorescente e tênis branco. Um visual bastante arrojado. Tyler, ao contrário, estava bastante elegante, usava um terno azul de linho que parecia ter sido feito sob medida.

— Está elegante, T.J., vai conquistar corações! — brinquei. Tyler apertou o botão de pausar no console e deu uma breve espiada no meu visual.

— Valeu, cara! Você também está elegante... Com certeza Leonora vai reparar em você!

Segurei o colarinho e, antes que eu pudesse me gabar, Vincent apareceu usando um terno preto.

— Gostei do estilo... *Escocês* — ironizou ele, se referindo a minha roupa.

— Eu sei, estou um arraso! As garotas não vão resistir!

— Ham ham — pigarreou Lokesh. — O mérito é todo meu! — Ele e Aleksi se aproximaram.

— Já vi que vai se gabar a noite toda. — Sentei no sofá para jogar. — Minha vez. — A partida havia terminado. Tyler me entregou o console. Paolo entregou o console para Aleksi e em seguida foi até a cozinha. Iniciamos uma nova partida.

— Me diz uma coisa... Você quer mesmo aquela garota? A tal da Leonora — perguntou o finlandês.

— Ela é bem bonita... E nunca se sabe o que pode acontecer numa festa — respondi, enquanto o meu jogador era golpeado pelo seu.

— Ela é jogo duro — opinou T.J.

— Para mim, quanto mais difícil melhor!

— Vocês repararam que são seis garotas e seis garotos, não é? — perguntou Aleksi com um tom malicioso. Paolo voltou com várias cervejas *long neck*, entregou uma para cada um e se sentou no sofá. — *Kiitos* — disse o finlandês levantando a sua garrafa. Nós erguemos as nossas garrafas e brindamos. Dei um bom gole. — Tirando o Axel, que já está completamente apaixonado por Leonora... — ironizou ele. — Alguma delas interessou vocês?

— Ah... Tirem a Cindy dessa também, porque o meu amigo Tyler já está caidinho por ela! Não é? — T.J. deu um sorrisinho sem graça e não respondeu nada, ele era bem mais discreto do que eu. — Merda! Não acredito que perdi! — reclamei.

— Pode vir qualquer um que vai levar uma surra!! Pode vir o próximo — desafiou Aleksi. — Quero dizer, virtualmente, claro! — Nós rimos. — Qual delas é a Cindy?

— A menina de cabelos castanhos, com um jeitinho de boneca — respondeu T.J. Os olhos dele brilharam.

— Ela é bonita, mas parece o tipo que se apaixona fácil — comentou o finlandês. — Você está preparado para ter uma garota no seu pé o tempo todo?

— Eu não me importo, para ser sincero — respondeu

T.J. com um sorriso bobo.

— Então, vai nessa, cara! Vocês formam um belo casal. E, quanto a você Vincent? Já está interessado em alguma delas? Já sabemos que Cindy e Leonora estão indisponíveis.

— Eu estou fugindo de problema. Aliás, foi por isso que eu aceitei vir para cá. A última coisa que eu quero são problemas amorosos — ponderou ele.

— Sábias palavras — ironizei. — E você, Paolo? Curtiu alguma das meninas? — Nessa altura, até eu já estava curioso sobre a opinião dos rapazes em relação as garotas, especialmente a do surfista, que parecia ser um cara bem imprevisível.

— Ah, difícil dizer... Não costumo me apaixonar pelo visual, sou o tipo que precisa conversar, ver se a energia bate... essas coisas de sinastria e tal.

— Ainda mais sábio — ironizei novamente. Era difícil de acreditar que um surfista — acostumado a ver garotas bronzeadas e de biquíni — não se interessava pelo visual. — E o senhor *bollywood*? Tem a sua preferida ou já está prometido para alguma garota indiana?

— Bem que meu pai gostaria que eu me casasse com a filha do dono da tapeçaria — disse Lokesh. — Mas... como eu sou um filho rebelde, prefiro a ruiva do Arizona.

— Sam? — T.J. perguntou curioso.

O indiano balançou a cabeça em sinal afirmativo e completou:

— Também gostei daquela garota que chegou por último e estava com um lenço cobrindo os cabelos. Como é mesmo o nome dela, Aleksi?

— Estela Sbaa.

— Ela é muito, muito bonita — completou Lokesh, enquanto também perdia para o finlandês no jogo.

— Desistam, amigos. Sou imbatível! — gabou-se. — Eu, ao contrário do seu pai, sugiro que você insista na ruiva... Devia chamá-la para dançar. — Aleksi fez um gesto com a mão e bateu palmas, tentando imitar uma dança indiana, arrancando-nos altas gargalhadas. — Daí você aproveita e leva ela para bem longe! — completou.

— Por que? — Eu quis saber.

— Porque hoje eu quero beijar a louquinha do cabelo colorido. E, como as duas não se desgrudam, preciso de alguém para deixar o caminho livre para mim.

— É uma ótima estratégia! — exclamou Lokesh. Os dois bateram as mãos. — *High five.*

A porta se abriu e Drake entrou. Ele continuava usando jeans e camiseta, mas dessa vez estava sem o fone de ouvido.

— Vamos, a festa vai começar. Será do outro lado da ilha, do lado dos administradores.

— Drake, em qual de nós você aposta? Quem será o conquistador da noite? — perguntei. Ele deu uma breve olhada para cada um de nós.

— As garotas são muito bonitas para vocês. — Aleksi pegou uma almofada e tacou na cabeça do garoto. Todos fizemos a mesma coisa. Ele se defendeu levando os braços até o rosto. — Calma, rapazes, é brincadeira! É brincadeira!!

Ouvimos algumas vozes e nossas cabeças viraram na mesma direção. Samantha e Gaia desciam a escada de vidro, conversando animadamente como de costume. As duas estavam deslumbrantes! Gaia nem parecia tão excêntrica como antes, estava usando um vestido preto bem curto, bastante sensual. Seus cabelos coloridos estavam presos num coque suntuoso, com algumas mechinhas soltas na frente, caídas sobre o seu rosto. A maquiagem esfumada em seus olhos era meio dramática e a deixava bastante expressiva. Para minha surpresa, vi que estava usando um sapato de cada cor — vermelho e azul —, do mesmo modelo. Era incrível como aquilo combinava com a sua personalidade, como se esse fosse o seu toque pessoal em um estilo tão comum — o tal pretinho básico que as garotas tanto falam. Samantha estava bem mais alta por conta do salto da sua sandália prateada, trançada no peito do pé, do dedão até o calcanhar. Ela usava um vestido lilás com um decote espetacular, não muito curto, nem muito justo. E havia feito alguma coisa no cabelo para deixá-lo ondulado, realçando o tom ruivo alaranjado. No rosto pude notar apenas um batom cor de boca, bem clarinho, destacando sua beleza natural. Nós começamos a bater palmas e assobiar alto. Elas sorriram.

— Formidáveis! — exclamou Drake. Então, ele se aproximou de Aleksi e perguntou se podia jogar.

— Você é o próximo.

Lokesh pulou para o canto do sofá e deixou um espaço livre esperando que as garotas sentassem ali, mas as duas não deram a mínima para ele e seguiram em direção a cozinha. Olhei para Tyler, que já estava olhando para mim, e demos uma baita gargalhada.

— Quero ver se esse "plano" de vocês vai dar certo — disse T.J.

— Já começaram bem! — caçoei. Aleksi e Lokesh fingiram não se importar, embora fosse nítido o constrangimento de terem sido ignorados pelas garotas. Então, resolvi dar uma mãozinha para os meus novos amigos e fui até a cozinha. — Deixa comigo...

Sam estava sentada em cima da bancada de granito, enquanto Gaia explorava a geladeira.

— Foi a sensação mais louca da minha vida... — dizia Samantha. A ruiva parou de falar assim que me viu chegar.

— Desculpe interromper, meninas.

— Sem problemas! Eu não estava falando nada demais.

— Vocês estão lindas!

As garotas se entreolharam e disseram "obrigada" em uníssono.

— Por que vocês sempre fazem isso? — indaguei.

— Fazemos o quê? — perguntou Gaia. As duas caíram na gargalhada. — Então, espertinho, você veio a mando de quem?

— O quê? Como assim "espertinho"? — bufei. Mas elas ficaram bem sérias e me olharam como se dissessem que eu não as enganava. — Tudo bem... Eu falo... Aleksi — disse eu apontando para Gaia. — ...E Lokesh — completei apontando para Samantha. As duas deram um discreto sorriso. E alguma comunicação não-verbal aconteceu entre elas. Pelo jeito se agradaram. — O que eu falo para eles?

— Absolutamente nada — respondeu Gaia, enquanto colocava um licor em dois pequenos cálices. — Quer licor de cacau, Axel? — perguntou ela.

— Licor de cacau?! Não, obrigado! — Aquele não era o tipo de bebida que me agradava, embora a garrafa do licor, num lindo tom de azul, fosse bastante atrativa.

— Você não sabe o que está perdendo... — disse Sam, depois de dar um golinho no seu licor. — Uma delícia!

— Não mesmo! É a melhor coisa que eu já provei na minha vida! — afirmou Gaia.

Sam desceu da bancada com um pulinho e as duas saíram da cozinha. Fui pegar mais algumas cervejas e ao fechar a porta da geladeira vi, através do reflexo, alguém atrás de mim. Me virei e dei de cara com Camélia. Ela estava usando um vestido acinzentado, meio sóbrio, que destacava seus lindos olhos verdes.

— Pode pegar uma água, por favor? — pediu.

— Claro.

Entreguei a garrafa de água francesa para Camélia, que agradeceu com certa frieza e saiu. Voltei para a sala. Gaia e Sam estavam sentadas ao lado dos meus colegas de quarto jogando uma partida de videogame, enquanto os rapazes estavam na torcida. A partida havia se tornado uma brincadeira entre todos, que aplaudiam ou vaiavam a cada golpe dos personagens. Cindy estava sentada entre Tyler e Paolo. Ela estava com um vestido de cetim cor de rosa e tinha alguns cachos nas pontas dos cabelos, parecia uma princesa de conto de fadas. Vincent, Camélia e Drake conversavam um pouco mais afastados.

— Ganhei! — gritou Sam, fazendo um *high five* com Lokesh, enquanto Gaia reclamava que deveria ter escolhido outro jogador.

Ouvi passos de salto alto na escada e me virei para ver.

Era Leonora. Ela usava um longo vestido dourado com uma enorme fenda em uma das pernas que valorizava todas as suas curvas e a deixava ainda mais reluzente. Seu cabelo cor de mel estava jogado para o lado de um jeito ondulado. Parecia uma estrela de cinema no tapete vermelho. Estava linda!

Os rapazes fizeram com Leonora a mesma brincadeira que estavam fazendo com todas as garotas que desciam, aplaudiram e assobiaram. Eu fiquei parado, boquiaberto com tamanha beleza, e ela fez a sua cara de satisfeita.

— Você está linda! — elogiei.

— Obrigada! Mas, por favor, não fique babando — disse Leo, saindo de perto e me deixando com cara de tonto. Seu orgulho já estava passando de sexy para irritante e eu estava perdendo a paciência.

Os garotos começaram a rir e caçoar de mim. Eles ficaram tão entretidos fazendo piadas que nem perceberam Estela descendo a escada. Dessa vez, ela não parecia nem um pouco com a garota discreta que vi na piscina mais cedo, pelo contrário, estava muito sensual com um vestido de seda vermelho, que destacava sua pele oliva e seus cabelos pretos que caiam sobre os seus ombros como uma cascata. Seu olhar parecia muito mais sedutor do que antes. Como eu não tinha reparado nela? Fiquei deslumbrado com sua beleza e me peguei batendo algumas palmas, meio pasmo. Os rapazes olharam de imediato para a escada, mas como Estela já havia descido, ninguém fez a brincadeira de aplaudir e assobiar — eu tinha sido o único. Não sabia onde enfiar a minha cara. Por um instante, todos fizeram silêncio, acho que estavam tão impressionados quanto eu. Então, Drake quis saber:

— Estão todos prontos?

Acenamos com a cabeça.

— Eu estou usando um salto altíssimo — mencionou Leonora. — Não vai nos fazer andar, não é?

— Eu não disse que temos uma garagem aqui? — Drake perguntou com os olhos para cima, tentando se lembrar. — Ao final do corredor há uma porta de correr. Escolham o carro que quiserem. É de vocês.

Corremos até lá, Tyler chegou primeiro e abriu a porta, as meninas não fizeram questão de vir tão rápido quanto os rapazes.

A garagem era enorme. Tinha doze *Smart Fortwo Cabrio* novinhos de diversas cores. Numa das paredes havia duas bombas de gasolina, como um mini posto para abastecer. Escolhi, antes de qualquer pessoa, o modelo vermelho. Meus olhos procuraram por Leonora, pensei em convidá-la para ir comigo, mas ela já estava no carro com Paolo, o *Smart* amarelo. Samantha e Gaia entraram juntas, Sam no banco do motorista e Gaia no banco do carona, em um modelo de duas cores — rosa e cinza. Tyler se ofereceu para levar Cindy no seu modelo laranja, que aceitou prontamente. Camélia e Vincent entraram no carro prata, ela no banco do motorista. Lokesh escolheu o carro azul e Aleksi o branco.

— Vamos apostar uma corrida nós três? — perguntou Aleksi para mim e para Lokesh.

— Preparem-se para comer poeira! — ameaçou o indiano.

Eu estava animado, mas antes mesmo de responder, reparei através do vidro do retrovisor que Estela estava se preparando para entrar em um dos carros, sozinha.

— Vou deixar essa corrida para depois — falei. Saí do meu carro e fui em direção àquela linda garota.

— Ele ficou com medo! — Ouvi Aleksi dizer. Então, ele saiu cantando pneu, seguido por Lokesh.

— Olá! — acenei com a mão. Acho que ainda não nos apresentamos formalmente — falei. Pude ver que a garota tinha olhos pretos e intensos, como duas pedras ônix. — Axel McRoy. — Estela não disse nada, ficou apenas me encarando. Percebi que todos já haviam saído com seus carros. Nós estávamos sozinhos ali na garagem. — Quer uma carona? — perguntei, tentando quebrar o gelo.

Estela continuou calada, me observando por alguns segundos, sem tirar seus olhos dos meus. Ela avançou um passo na minha direção, fazendo a distância entre nós dois ficar perigosamente pequena, pude sentir o calor da sua respiração e seu delicioso perfume. Então, se inclinou bem devagar, levou a boca até o meu ouvido e colocou a mão, gentilmente, em meu ombro.

— Aceito — sussurrou ela. Sua voz era doce, mas ao mesmo tempo firme. Depois, deu um passo para trás e continuou me olhando, provavelmente esperando que eu lhe desse meu braço e a guiasse para o meu carro, como um bom cavalheiro deveria fazer. Mas eu ainda estava parado, tentando assimilar aquela adrenalina que corria em minhas veias e que eu só havia experimentado diante de uma briga. Naquele momento, me perguntei se, pela terceira vez no dia, estava lidando com um adversário mais forte do que eu.

Me ocorreu uma breve análise:

Mais cedo, Leonora havia me desafiado. Eu fui idiota em achar que poderia vencê-la... E, mais idiota ainda por acreditar que aquilo nos aproximaria. Não consegui encarar o sol nem por um minuto, passei uma baita vergonha! Leo foi a minha primeira adversária do dia e eu perdi feio. Tyler, por sua vez, não foi lá uma grande surpresa, claro que seu porte físico já anunciava uma vitória. O que eu realmente não esperava era a discrepância de força entre nós dois, eu não tive o mínimo de chance com ele, perdi pela segunda vez... será que, naquele instante, Estela seria minha terceira adversária...? Mas, o que eu podia perder?

Me senti estranhamente vulnerável.

— Desse jeito vamos nos atrasar — disse ela, ainda com olhos compenetrados aos meus e um leve sotaque árabe. Eu não sabia o que falar. Nem mesmo sabia o que pensar.

— Me peça novamente — arrisquei. Foi a única coisa que consegui dizer. Ela deixou escapar um sorriso, com uma leve mordida no lábio. Meu coração acelerou ainda mais. Novamente, a garota se aproximou, mas dessa vez não falou nada, continuou me olhando, como se estivéssemos em um silencioso duelo, esperando para ver quem cederia primeiro. Meu sangue fervia, eu podia sentir a minha pulsação. Seu decote me deixava completamente fragilizado e, num breve momento de lucidez, decidi recuar. — Vamos! — Respirei fundo e entrei no carro. Eu estava tão desorientado que acabei me esquecendo de abrir a porta para ela, que abriu por conta própria e se sentou ao meu lado, no banco do carona. Saímos da garagem e seguimos uma estradinha asfaltada.

PROVA DE FOGO 8

O céu estava incrivelmente brilhante. De dentro do meu carro novo eu admirava a imensidão do Pacífico refletindo o prateado da lua. Apertei o botão ao lado do câmbio automático e a capota se abriu em pouquíssimos segundos. A estradinha passava por uma incrível plantação de hibiscos e, mais adiante, entre duas pequenas montanhas; reparei que em uma delas havia uma pequena protuberância com um formato que lembrava muito o de uma serpente. Bonito e estranho ao mesmo tempo.

Embora a paisagem fosse incrivelmente bela, era Estela sentada ao meu lado, no banco do carona, que me deixava completamente encantado. O percurso pela estrada até o outro lado da ilha não durou mais do que cinco minutos, mas pareceu uma eternidade. Havia uma enorme tensão entre nós dois. Não trocamos uma única palavra, embora eu desejasse ouvir novamente a sua voz sedutora. Senti um grande alívio ao ver os outros *Smarts* perfilados em frente a uma extensa cerca feita de corda branca, amarrada em alguns pequenos troncos. *Ufa! Chegamos*, pensei. Estacionei ao lado de um deles e, no mais absoluto silêncio, nós dois saímos do carro.

Olhei para o céu e fiquei impressionado com a quantidade de estrelas que conseguia enxergar, o visual daquele lugar era fascinante. Imaginei que a tal festa fosse ser uma espécie de luau, na areia da praia, sem muita pompa; mas eu estava completamente enganado, aquilo ali parecia um evento nos *Hamptons*: havia um enorme gazebo de madeira decorado com tecidos de *voil* branco, refletores em toda a volta e um pequeno caminho margeado com tochas acesas indicando a entrada.

A temperatura estava amena, senti o cheiro úmido e agradável da brisa do mar. Respirei fundo tentando me acalmar, meu semblante já devia estar mais sereno e eu não precisaria me esforçar tanto para que Estela não percebesse meu abalado estado emocional. Ofereci meu braço e, sem revelar nenhuma emoção, ela entrelaçou seu braço no meu causando um ligeiro choque de contato. Um forte calor invadiu o meu corpo, como nunca havia acontecido antes, nem mesmo quando passei por aquele corredor em chamas.

Não consegui assimilar muito bem o que estava acontecendo, me sentia fragilizado. Nos aproximamos de uma mesa redonda perfeitamente arrumada no centro da tenda, com uma cadeira para cada um de nós, pelo jeito a marcação já tinha sido feita, não sei por quem. Todos pararam de falar no mesmo instante e nos lançaram olhares curiosos, provavelmente tirando conclusões sobre o nosso pequeno atraso. Por sorte, alguns garçons uniformizados se aproximaram da mesa para oferecer comidas e bebidas a todos.

Olhei para o Aleksi e percebi que ele estava tentando ler a minha mente, com um sorriso malicioso no canto da boca, como eu já imaginava. Claro que não era preciso ter o dom da telepatia para perceber que estava mesmo rolando um clima entre Estela e eu, ou pelo menos um interesse da minha parte. Mas bastou eu fazer a gentileza de puxar a cadeira para ela se sentar que todas as dúvidas, que porventura houvessem, fossem sanadas. Era nítido o meu entusiasmo.

Samantha se levantou e quebrou o gelo.

— Então pessoal, já que estamos todos reunidos aqui, deveríamos nos conhecer melhor — sugeriu ela, com seu jeito irreverente. — Como em um acampamento de verão... Cada uma fala um pouco de si. O que acham? — Dois ou três concordaram com a cabeça, os outros — inclusive eu — ficamos em silêncio, observando. Então, ela continuou: — Bom, como todos vocês já sabem, meu nome é Samantha, mas podem me chamar de Sam.

— Ooooi Samantha! — Aleksi e Lokesh falaram juntos em tom de brincadeira, fazendo uma alusão ao grupo dos alcoólicos anônimos. Todos riram bastante, com exceção da ruiva, que não gostou nada daquilo.

— Tudo bem! Não vou falar mais nada! — bufou Sam. Suas bochechas sardentas ficaram levemente coradas. Ela se sentou bruscamente, cruzou os braços e torceu a boca em sinal de desaprovação.

— Ahh... Sam, não vá se chatear... Foi só uma piada — pediu o indiano, que estava sentado ao seu lado. Mas a garota continuou emburrada.

— Por que apenas não fazemos perguntas? — sugeriu Aleksi. Essa tinha sido uma boa ideia. Todos esperamos ele prosseguir. — Cada um tem direito a uma pergunta. O que vocês acham?

Concordamos com a cabeça.

— Essa foi a sua! — ironizou Lokesh, arrancando-nos mais algumas risadas.

— Posso começar? — pediu Gaia. E, antes que alguém respondesse que sim ou que não, ela fez a sua pergunta: — Quem daqui não bebe nenhum tipo de bebida alcoólica?

Cindy e Vincent foram os únicos que levantaram as mãos. Me lembrei que Vincent não aceitou a cerveja de Paolo um pouco antes na sala de TV e brindou com suco de laranja.

— Por que não?! — perguntou ela, diretamente para Cindy.

— Opa! Opa! Essa já é uma outra pergunta... — lembrou Aleksi, tentando fazer outra piada. Gaia lançou-lhe um olhar reprovador. — Tudo bem! — Ele levantou as mãos pedindo desculpa pela gafe. — Continuem... — Era inevitável não rir do seu jeito divertido, o finlandês sabia como deixar o ambiente animado.

— Não sei bem. Acho que nunca tive vontade — respondeu Cindy, um tanto quanto incerta sobre a resposta que acabara de dar. Ela correu os olhos em direção a Vincent — esperando sair do centro das atenções —, que respondeu sucintamente:

— No meu caso eu prefiro tomar alguns remédios e dormir. Eles não me deixam com ressaca no dia seguinte.

Fiquei tentando entender o que ele quis dizer, aquilo era muito estranho. Será que falava sério? Preferia mesmo tomar remédios à uma boa cerveja?

— Agora é minha vez — pigarreou Lokesh. Então, encheu de ar os seus pulmões como se fosse fazer uma importantíssima pergunta. — Se vocês estivessem numa ilha deserta... — iniciou ele vagarosamente com seu sotaque peculiar.

Sam jogou sua cabeça para trás às gargalhadas. Não estava mais chateada. Todos nós caímos na gargalhada também e ninguém conseguiu prestar atenção em mais nada. Aleksi e Tyler jogavam bolinha de papel de guardanapo no indiano, que se curvava como se estivesse agradecendo um grande público. Estávamos nos divertindo à beça, até Leonora interromper a nossa algazarra com o tilintar de uma colher na taça de cristal e sobrepor a sua voz:

— Próxima pergunta!

— Acho que as perguntas terão de ficar para depois... — sugeriu Camélia em voz alta, apontando para o mar. Um enorme iate se aproximava. Era possível ouvir o som de uma música.

— É impressão minha ou está mesmo tocando *hip hop* naquele iate? — perguntou Sam.

De repente, ouvi um barulho estrondoso: *buuum!* E o céu se iluminou com uma incrível cascata prateada. Começava uma queima de fogos de artifício. Durante alguns minutos todos nós ficamos admirados, assistindo a um belíssimo show pirotécnico, enquanto o iate ancorava no píer. Então, o homem das capas das revistas desceu do seu barco usando uma roupa de golfe e segurando um charuto em uma mão e uma flute na outra, de jeito triunfante. Havia duas mulheres com ele, mas não sei por quê, não desceram da embarcação. Por um instante, me senti dentro de um desses filmes de comédia pastelão, onde adolescentes patéticos terminam chapados em algum lugar inusitado. Nesse caso, o personagem principal era um milionário velho e cansado. Uma terceira mulher apareceu, era Margaret, que desceu daquele imponente iate e acompanhou o senhor Montego.

Os dois seguiram pelo píer de braços dados em nossa direção. Ela usava um vestido branco de um ombro só e caminhava como uma modelo na passarela — esguia e confiante.

— Olá! Olá! — cumprimentou o bilionário com um tom evidentemente embriagado. Ao fundo, ainda era possível ouvir uns poucos estouros, sinalizando que a queima de fogos já chegava ao fim. — O que vocês estão fazendo aí sentados? Isso é uma festa! Levantem-se! Vamos! Levantem-se! — Vincent, Camélia e Paolo que estavam sentados, levantaram-se lentamente. Eu e todos os outros já estávamos de pé. Tínhamos nos aproximado do balaústre de madeira para ver os fogos mais de perto.

— O senhor Montego está realmente muito satisfeito por vocês aceitarem participar dessa experiência — disse Margaret. Pela primeira vez pude vê-la sorrindo. Não tinha sido um sorriso lá muito convincente: seus lábios se esticaram um pouco, o suficiente para deixar seu semblante mais amigável, ou menos carrancudo.

— Sim! Sim! Claro! — Ele desvencilhou-se da mulher e deu uma cambaleada. — Mas, infelizmente, não vim para ficar com vocês. É que eu tenho outra festinha para ir. Particular — maliciou o excêntrico homem, dando uma piscadela para Margaret. Ele bateu levemente no braço de Samantha com a mão que segurava a taça e deixou derramar um pouco do líquido na moça. — Opa! Desculpe-me, senhorita — E continuou: — Bom, eu só vim mesmo para dar as boas-vindas a vocês. Tenham uma ótima estadia na minha ilha. Sejam muito bem-vindos! Cadê a bebida para brindarmos, Margaret? — Imediatamente duas garçonetes apareceram com taças de champanhe na bandeja. — Ah... Agora sim! Peguem uma taça! Peguem!

— Senhor Montego, o senhor... — Gaia começou a falar.

— Menina, pegue a sua taça! Hoje é dia de festa — interrompeu ele, sem deixá-la concluir. — Tenham um ótimo ano e uma boa vida. — Levantou a sua taça. Aquele homem realmente sabia como viver. Parecia não ter nenhum tipo de preocupação — Eu vou para a minha festa e vocês, por favor, divirtam-se. Sem cerimônias.

Senhor Montego saiu mais rápido do que chegou, ainda ao som de *hip-hop*.

— Eis um homem excêntrico — comentou Samantha, limpando com um guardanapo de pano o que ele havia derrubado em seu braço.

— Muito inteligente — disse Aleksi olhando para mim. Acho que estava se referindo a tal festa particular. Eu tinha que concordar, uma festinha com três mulheres em um iate luxuoso era algo realmente inteligente.

— Ele está se tornando um velho bêbado! — Drake surgiu de repente, comendo sua habitual batatinha. — Se bem que ele sempre me pareceu velho e bêbado... — O garoto fez uma breve pausa, e então continuou: — É, acho que continua o mesmo da minha infância.

— O que ele é seu? — perguntou Gaia.

— Tio — respondeu ele de boca cheia. — Bom, mas uma coisa ele tem razão, podemos aproveitar a festa. O garoto foi até um canto da tenda, onde havia um sofisticado equipamento de som, pôs o fone de ouvido — o mesmo que estava usando mais cedo — e colocou uma música dançante para tocar.

No outro canto da tenda havia um balcão de madeira decorado com umas luzinhas de neon azul de uma ponta a outra, cheinho de bebidas. Atrás do balcão duas garçonetes preparavam *drinks* com frutas e com o tal licor de chocolate que Gaia tinha me oferecido. Lokesh foi até lá e pegou uma garrafa de champanhe entre tantas outras que estavam dentro de um balde com gelos. Ele e Aleksi juntaram-se a Sam e Gaia e os quatro foram para a praia juntos.

Vincent era o único que estava sentado à mesa, sentei-me ao seu lado para saborear uma deliciosa lagosta gratinada que eu havia colocado no meu prato pouco antes de começar a queima de fogos. Enquanto eu comia, trocamos meia dúzia de palavras. Cindy apareceu com uma garrafa de água, sentou-se do outro lado do garoto e pediu para o rapaz ajudá-la a abrir a tampa.

— Minhas mãos continuam geladas e dormentes, será que isso é um problema? — perguntou a Vincent, com o tom de voz preocupado. — Eu sempre achei que isso fosse normal porque moro numa cidade muito fria. Mas, mesmo aqui, elas continuam assim — explicou a moça.

— Acho que pode ser um problema por conta do estresse — respondeu ele. — Talvez Fenômeno de Raynaud.

Cindy olhou assustada para Vincent ao ouvir o nome da tal doença.

— O que é isso?!

— Uma desordem vascular desencadeada pelo frio ou estresse. Mas, dê um tempo para o seu corpo se habituar... você chegou hoje. E o calor desse lugar vai ajudar.

Levantei e fui pegar um refrigerante, aquele assunto não era nem um pouco agradável. Pelo menos não em dia de festa. Drake colocou a mesma música que tinha tocado na limusine e Leonora foi para a pista dançar. Percebi que os rapazes — Vincent, Paolo e Tyler — olhavam de esguelha para ela, tentando disfarçar. Eu, ao contrário deles, sentei na minha cadeira, posicionei-a na direção da pista de dança e fiquei babando naquela linda garota. Ao som do *tal* ritmo *reggaeton*, Leo descia e subia de um jeito muito, muito sensual. Hipnotizador. Claro que ela nem notou os meus olhares, ou pelo menos fingiu que não. Parecia mais interessada em chamar a atenção de todos. Isso me deixava com uma pontinha de raiva. Samantha veio da praia bem rápido, segurando suas sandálias em uma das mãos e puxando Lokesh pela outra. Os dois foram dançar.

Estela parou na minha frente e me olhou daquele mesmo jeito que olhara um pouco antes, na garagem. Sem pensar duas vezes tirei o paletó tartan, peguei na sua mão e a levei até a pista de dança. Leonora continuou dançando sem se importar conosco, às vezes dava a impressão que seus pensamentos estavam longe. Sam e Lokesh pareciam bem íntimos, eles conversavam ao pé do ouvido, riam bastante e dançavam juntinhos. Eu e Estela não trocamos nenhuma palavra, ela preferiu manter uma certa distância.

Samantha era a mais empolgada — eu ainda não estava acostumado com sua animação exagerada —, e cantava a plenos pulmões. A ruiva conhecia todas as letras. Ficamos ali, os cinco, durante uns quinze ou vinte minutos, até que Drake resolveu mudar o repertório e colocou uma belíssima música romântica, das antigas. Acho que era dos anos 1990, mas não conseguia me lembrar nem o nome da música, nem do cantor. Leonora logo deixou a pista.

Tomado de coragem e desejo puxei Estela pela cintura, encostando seu corpo ao meu. Começamos a dançar bem próximos, ela continuava me olhando de um jeito bastante intimidador, sem dar uma única pista se eu poderia avançar um pouco mais. Senti seu perfume adocicado e, por um breve instante, me perdi em meus pensamentos — os mais ardentes que um homem pode ter. Então, quando a música terminou, aproximei meus lábios dos seus subitamente e tentei beijá-la.

— Desculpe, não posso — sussurrou ela, afastando o seu rosto com um olhar glacial.

"O quê?". Eu tinha mesmo acabado de levar um fora? E, na frente de *todo mundo*? Fiquei desconcertado, envergonhado... minha vontade era de sair correndo dali. Mas foi Estela quem saiu. Ela afastou-se de mim e seguiu cabisbaixa em direção à praia.

— Vá atrás dela — sugeriu Samantha.

Sempre preferi as garotas que fazem jogo duro e nunca fugi de um bom desafio. Mas aquilo nem de longe parecia um joguinho romântico. Senti um misto de raiva e frustração ao imaginar Leonora vendo toda aquela "cena" vergonhosa. Provavelmente estava dando risadas por dentro daquela expressão assoberbada só dela. Também senti um azedume subindo pela minha garganta, achei que fosse vomitar ali na pista. Era só o que me faltava! Respirei fundo e exalei pelo nariz. "Contenha-se, contenha-se", repeti mentalmente para mim mesmo várias vezes. Eu jamais me mostraria derrotado, *jamais.*

Não seria nada fácil lidar com rejeições naquela ilha, quaisquer que fossem elas. Éramos só nós ali. Aquele era o nosso Universo agora.

— Deixa ela — respondi. Aquela festa estava um fiasco: Leonora me ignorava o tempo todo e até preferiu pegar carona com Paolo — um cara que ela mal conhecia. A recepção do senhor Montego também não havia sido lá essas coisas, apesar dos fogos de artifício, da ótima lagosta e das bebidas caras eu esperava conhecer o anfitrião famoso um pouco melhor. E, como se não bastasse, tinha acabado de levar um baita fora de Estela, com direito a plateia e tudo. — Para mim a festa acabou. Vou embora.

— Que isso, cara! — disse Lokesh colocando o braço em meu ombro, tentando me impedir.

— Acho que eu preciso de um banho frio! — O indiano pareceu entender e me deixou ir, sem insistir. — Não voltem tarde, crianças — brinquei, tentando disfarçar a decepção que devia estar estampada na minha cara.

— Vamos antes da meia-noite, papai! — Samantha parecia ser uma garota muito legal. Lokesh era um cara de sorte.

Peguei meu carro e fiz o caminho de volta. Sozinho.

UMA PÍLULA DE MERCÚRIO 9

A mansão era bastante confortável e tê-la só para mim me deixou com um ótimo humor. Eu já havia me acalmado, estava me sentindo em paz naquele ambiente silencioso e congelante. Tínhamos esquecido de desligar o ar condicionado antes de sair. Fui até a cozinha procurando alguma coisa doce para comer. Abri a porta do freezer e — uau! — não acreditei no que vi: devia ter uns cinquenta potes de gelato italiano dos mais diversos sabores, dispostos nas prateleiras como em um supermercado. Era exatamente o que eu estava precisando. Peguei um pote — o primeiro que me saltou aos olhos —, uma colher na gaveta e fui para a piscina.

Me encostei no sofá do *lounge*, onde mais cedo tinha me reunido com todos os outros e, enquanto saboreava meu delicioso sorvete de macadâmia, tentava entender o porquê de Estela ter me rejeitado. Talvez ela tivesse um namorado. Talvez a ideia de passar um ano convivendo comigo lhe pareceu terrível. Para piorar, eu teria de encará-la amanhã. Nós estávamos morando juntos. Tentei mudar meus pensamentos, precisava me esforçar para pensar em coisas mais agradáveis. Foi quando lembrei do que Aleksi havia me contado mais cedo. No fundo, eu sabia que nós tínhamos de investigar essas coisas estranhas... esses "poderes" sobrenaturais. Talvez nós não estivéssemos tão loucos assim. "Doidão", como sugeriu o finlandês.

— Pensei que só as meninas afogavam suas mágoas em um pote de sorvete depois de levar um fora — ironizou Leonora. Ela apareceu ali de repente, atrapalhando o meu sossego. A raiva voltou.

— Você não me queria longe?

Ela se aproximou da piscina e tirou os sapatos bem devagar, primeiro um, depois o outro. Levou as mãos nas costas, abriu o zíper do vestido e fez ele cair no chão com um suave balançar dos ombros, ficando apenas de calcinha e sutiã pretos. Seu corpo era escultural, cheio de curvas nos lugares certos. Fiquei boquiaberto e intrigado. Não conseguia explicar o que estava sentindo, era um turbilhão de emoções. Aquela era a imagem mais linda que eu já tinha visto em toda a minha vida. Então, em silêncio, ela se sentou na borda da piscina, mergulhando seus pés na água. Instintivamente, levantei do sofá e fui em sua direção, eu a queria perto de mim. Me agachei ao seu lado para que os meus olhos ficassem no mesmo nível dos seus.

— Você é linda. — As palavras saíram da minha boca com uma enorme facilidade. Eu não conseguia raciocinar. Estava sendo extremamente sincero.

— Sou mais bonita do que a Estela? — perguntou, enquanto brincava com os pés na água.

— Você sabe que é — respondi. Levantei-me e dei um mergulho na piscina. Eu estava de calça jeans e sem camisa.

— Então... Diga para mim — pediu ela.

— Você é a garota mais linda!

— Não, eu quero que você diga que sou mais bonita do que ela.

— Você é mais bonita do que ela. Satisfeita?

Leonora estava pronta para retrucar, mas apenas respirou fundo e entrou na piscina. Ela deu um mergulho em minha direção. Enquanto emergia, coloquei as minhas mãos na sua cintura aproximando-a ainda mais, e ela colocou as suas em volta do meu pescoço. Aquela era uma visão perfeita. Leo estava mais sexy do que nunca — de *lingerie*, cabelos molhados e um sorriso travesso no rosto. Então, ela deitou a cabeça no meu peito e ficou alguns minutos assim. Eu estava me sentido um pouco mais calmo e um tanto quanto curioso.

— Eu era candidata a Miss antes de entrar aqui — contou ela.

— Era?

— Sim.

— E por que deixou de ser? Você desistiu?

— Não. Tudo que eu mais queria era aquela coroa. Era o título de mulher mais linda... — disse, meio aborrecida. Pela primeira vez, Leo parecia vulnerável.

— O que aconteceu?

— Deu tudo errado!

— Errado? Como?

— Ué, deu errado.

— Mas o que exatamente deu de errado? — insisti.

De repente, ela se aproximou do meu rosto e me deu um selinho. Apertei um pouco mais a sua cintura, não esperava por esse beijo. Meu coração acelerou.

— Você é mesmo bombeiro? — perguntou mudando de assunto, enquanto passava a mão nos meus cabelos.

— Você não vai me contar o que aconteceu de errado?

— Hum... — pensou ela. — Não! Agora, responda a minha pergunta. — Leonora passou a mão no meu braço. — Você é tão musculoso...

Suspeitei por um segundo que ela estava tentando me manipular. Com certeza aquilo seria golpe baixo. Mas eu não podia ceder. Eu sempre dava as cartas.

— Primeiro você responde a minha pergunta e depois eu respondo a sua — expliquei, tentando não sucumbir aos seus encantos.

— Não!

— Não? Por que não?

— Não quero responder!

Naquele momento usei o pouco de controle emocional que ainda me restava para afastá-la delicadamente. Dei um mergulho e me preparei para sair da piscina.

— Axel — Leonora me chamou com um tom de voz bastante meigo. Era a primeira vez que eu a ouvia dizer o meu nome. Continuei o meu caminho, não podia ceder.

— Me deixa… — falei sem olhar para trás.

— Axel, olhe para mim. Axel…

Ouvi-la dizer o meu nome era realmente excitante. Não resisti e me virei.

— O que foi?

— Pega uma toalha para mim? — pediu ela com um olhar de vencedora, o mesmo que havia dado mais cedo, ali no *lounge*.

— Por que você é assim? Por que você faz isso? — perguntei irritado. Naquele momento eu já não fazia questão de esconder que tinha perdido o controle da situação. Era ela quem estava no controle e sabia muito bem disso.

— Você não entenderia… — sussurrou, baixando os olhos e balançando os braços na água.

— Por que eu não entenderia? Eu não sou burro! — grunhi.

— Você está bravo comigo ou com a sua parceira de dança?

Leonora sabia ser irritante. E eu não iria tolerar sua arrogância.

— Porque você não arranja um idiota para ocupar com suas bobagens?

— Eu já tenho um — disse ela com sarcasmo.

Dei as costas e saí, deixei Leonora para trás chamando

o meu nome. Idiota? Era só o que me faltava! Eu nunca iria permitir que uma mulher me fizesse de idiota. Subi para o meu quarto bufando, retirei a calça encharcada e larguei num canto qualquer, coloquei uma cueca *boxer* preta que estava na poltrona — eu havia separado para colocar quando chegasse da festa, depois de um banho — e me joguei na cama. Só não esperava que o banho seria de piscina. Fiquei deitado, furioso, tentando entender por que aquela garota tinha tanto controle sobre mim. Sua beleza era fascinante, sua pele dourada me tirava o fôlego, mas isso não podia ser o suficiente para que ela me fizesse de bobo. Não podia.

— Axel, abra a porta. — Leonora subiu até o quarto atrás de mim. Continuei deitado, tentando ignorá-la. — Eu te conto o que aconteceu. Mas abre a porta. Abre a porta — insistiu ela.

Levantei bruscamente, passei o meu bracelete no sensor e a porta se abriu. Leonora estava parada bem na minha frente, seu corpo estava seco e seus cabelos apenas úmidos, mas ela não estava enrolada em nenhuma toalha, continuava de calcinha e sutiã.

— O que você quer? — perguntei irritado.

— Vem ficar comigo na piscina...

Hesitei um pouco, queria dizer um sonoro "não" e fechar a porta na sua cara. Mas aquela garota sabia mexer com a minha cabeça.

— Se eu voltar para piscina você me conta o que aconteceu?

Vê-la parada ali na minha frente usando *lingerie* era extremamente excitante. Agora eu entendia o porquê de sua postura perfeita... Ela era uma *Miss*! Claro que Leonora percebeu que eu estava reparando em todos os detalhes do seu corpo, mas não fez a mínima questão de escondê-lo. Apenas deu um sorriso convencido. Estava certa de que me tinha nas mãos. Sua vaidade era algo fora do comum.

— Você não quer saber de verdade... Você só quer brigar — reclamou.

— Por que você insiste em me fazer de bobo com essa

sua mania de querer me controlar?

— É para o seu próprio bem! — disse a garota dourada. Ela me deu um selinho e seguiu em direção a escada.

Fui atrás inconformado, eu estava começando a ficar cego de raiva e aquilo não costumava acabar bem. Peguei-a pelo braço com mais força do que pretendia.

— Me solta! — Leonora se desvencilhou de mim. Então, segurei seu braço novamente. — Me solta, Axel! — gritou ela. E com a sua mão livre me bateu no peito algumas vezes. Obviamente que, com seu porte magro e jeito delicado, não me causou nenhuma dor.

Olhei bem dentro dos seus olhos e larguei seu braço bruscamente. Não me lembro da última vez que tive de recuar em uma discussão, mas eu precisava me controlar.

O que quis dizer com "para o seu próprio bem"? Será que estava insinuando que eu me apaixonaria por ela? Aquela garota era mesmo muito convencida. Eu não podia mais entrar nesse joguinho. Não queria fazer parte disso.

— Você é uma garota *insuportável*! Eu não quero mais saber! Aliás, eu sei muito bem o que aconteceu... Você perdeu o concurso e por isso está tão revoltada. Agora, quer descontar sua frustração em mim! — Ela me olhou fixamente tentando não demonstrar nenhuma emoção, mas percebi que as minhas palavras a desestabilizaram. Desci ligeiro as escadas e fui até a cozinha, precisava de um copo d'água.

O relógio marcava meia noite e quinze. Eu estava acordado desde às cinco da manhã. Aquele tinha sido um longo e atípico dia. Me lembrei de Lily. Me lembrei de quando aquela misteriosa mulher fora atrás de mim no quartel. Me lembrei da sua promessa de vida nova... eu só não esperava que essa tal vida nova fosse começar tão conturbada. Lily mexeu com a minha cabeça desde o dia do meu aniversário, não fosse pelo seu jeito persuasivo, jamais teria aceitado a sua oferta. Jamais teria conhecido Leonora.

Vincent entrou na cozinha.

— Você está bem? — Vincent estava com uma

expressão assustada no rosto, como se tivesse se deparado com um assassino em série como nos filmes de terror. Ou talvez de um louco recém foragido do manicômio. Era óbvio que eu não estava nada bem. A minha fisionomia já respondia a sua pergunta.

— Acho que não. — Abanei a cabeça.

— Eu vou tomar uma pílula para dormir, quer uma? — Ele perguntou com uma cartela na mão, enquanto pegava água no dispenser da geladeira. Achei que aquela seria uma boa maneira de desacelerar meus pensamentos.

— Vou aceitar uma dessas aí — Apontei para a sua mão.

— Pega — disse o rapaz, me entregando o remédio e um copo de água.

— Sabe Vincent, quando eu disse que era muito sábio você não querer se envolver com ninguém, eu não estava falando sério. Mas depois do que aconteceu hoje com Estela e Leonora, estou convicto de que você fez a melhor escolha. — Nesse momento percebi que falei o nome de duas garotas numa mesma frase. E no meu pensamento ainda havia uma terceira. Por um milésimo de segundo passou pela minha cabeça que talvez o problema fosse eu.

— Relacionamentos costumam bagunçar a minha rotina — disse. Lembrei que Cindy tinha procurado por ele na festa para fazer umas perguntas.

— O que você faz?

— Sou estudante de medicina — respondeu ele com seu sotaque britânico e um olhar meio perdido, como se procurasse uma resposta mais explicativa. Mas no instante seguinte deu um sorriso simpático e completou: — Porém, já sou capaz de fazer recomendações. Que no seu caso seria dormir. Desculpe a minha crítica, mas... sua cara está péssima!

— Está mesmo?

— Sim. Está péssima!

Respirei fundo. Coloquei o remédio na boca e tomei um bom gole d'água.

— Vou dormir. Só tenho que fazer uma coisa antes.

— Se eu fosse você não iria atrás da garota.

— Por que não? — Quis saber a sua opinião. Embora, depois de ouvi-la, iria fazer o que eu quisesse.

— Porque eu passei por ela antes de vir aqui na cozinha... Ela parece bem chateada — contou ele. — Pelo jeito você também não está num bom momento para conversar.

— É que eu prefiro resolver os problemas, não os adiar.

— Talvez você crie mais.

— Eu apenas ia... — Comecei a argumentar. Na verdade, eu não precisava da sua aprovação. Percebi que estava tentando convencer a mim mesmo.

— Desculpe, eu não tenho a intenção de me envolver nesse lance de vocês dois. Mas, com certeza, essa não é uma decisão sensata.

— É, acho que você tem razão.

— Não me leva a mal, mas... Vocês mal se conhecem! Nós mal nos conhecemos. Você mal conhece a Estela — disse o rapaz com seu jeito metódico. E desagradável. Eu já estava ficando irritado com tantos conselhos.

— Eu sei, eu sei. — Claro que ele tinha razão, mas eu preferia que não tivesse. Eu sabia que Leonora estava sozinha e devia estar mesmo chateada. Senti vontade de ficar perto dela.

— Então, amanhã vocês conversam. Será melhor assim.

— Quanto a Estela, eu realmente não sei o que aconteceu. Ela me fez pensar que queria algo... mas bastou que eu me aproximasse para ela se afastar.

— Talvez ela queira. Você já parou para pensar que ela pode estar com medo de se envolver mais intimamente?

— Medo? De quê?

— De ser rejeitada por todas as outras garotas. De se sentir excluída.

— Ela disse isso?

— Não, não disse. Mas é uma possibilidade.

— É, pode ser — concordei, sem ter entendido muito bem. Por que ela seria excluída?

— Acho que você se precipitou.

— Estou acostumado a ouvir isso. — O remédio já estava começando a fazer efeito: minhas pálpebras pesavam, os sons pareciam mais distante e eu já estava me sentindo sonolento. *Que pílula incrível!* Minha mente estava mais tranquila. Minha alma estava em paz. Depois de um dia cheio de emoções, tudo que eu mais queria era uma boa noite de sono. E aquele cara cheio de opiniões já estava começando a me irritar. – Boa noite, Vincent.

— Boa noite, Axel.

— Obrigado pelo remédio e pela conversa. — Tentei ser gentil, mas acabei deixando escapar uma pequena grosseria: — Apesar de tantas críticas!

— Estou acostumado a ouvir isso. — Ele deu uma risadinha meio sem jeito.

Subi até meu quarto, me joguei na minha cama e apaguei.

PEDRA DE GELO 10

Na manhã seguinte acordei me sentindo renovado. Olhei para o lado e vi que a cama de Aleksi estava vazia, nem ao menos tinha sido desarrumada. Olhei para o outro lado e vi Lokesh dormindo com as roupas da noite anterior. Coloquei um roupão e fui até a cozinha. Tyler e Cindy estavam fazendo o café da manhã. Ele preparava *waffles*, enquanto ela colocava a mesa. Tudo estava perfeitamente arrumado: xícaras, pratos, talheres… Além de algumas flores amarelas dentro de vasinhos de vidro. Também tinha muita coisa apetitosa: sucos, cereais, leite, geleias, pasta de amendoim, torradas e café. Era agradável observá-los, os dois formavam um belo casal. Cindy tinha uma altura mediana, mas ao lado de T.J. parecia baixinha. Estava usando um vestido azul com uns babadinhos, que a deixava com um jeito ainda mais delicado. Ele ficava sempre por perto, como se fosse seu protetor.

— Bom dia! Vocês prepararam isso tudo? — perguntei, apontando para a mesa posta.

— *Bonjour* — disse Cindy, ajeitando os talheres na mesa. Ora ou outra, a garota falava alguma palavra em francês, uma língua comum na sua cidade. Era bem bonitinho e combinava com ela. — Na verdade, o Tyler preparou tudo. Eu só estou arrumando a mesa.

— É, mas foi você quem teve a ideia — disse T.J. Ele lançou um olhar carinhoso para ela, que retribuiu discretamente. — Senta aí, cara! Hoje você vai experimentar o melhor *waffle* da sua vida.

— Oba! — salivei. — Pode mandar! Estou faminto! — Esfreguei as minhas mãos ansiosamente, estava morrendo de fome. Cindy se aproximou de Tyler com um prato grande de louça branca, onde ele colocou os ovos mexidos que acabara de preparar. — Hum... Ovos com bacon! — Aquilo era tudo que eu precisava: um belo café da manhã depois de uma ótima noite de sono. O meu dia estava começando bem. — Vocês viram o Aleksi? Acho que ele não dormiu no quarto...

— A última vez que eu o vi estava no outro lado da praia com a Gaia, ontem à noite — respondeu Tyler.

— Eu também não o vejo desde ontem — disse Cindy.

Olhei para o relógio, era quase dez horas da manhã. Peguei um bule com café que estava em cima da mesa e me servi.

— Mas alguém está acordado? — Eu quis saber.

— Paolo está na piscina ou na praia. Preparou um suco com algumas hortaliças e saiu. Disse que ia "reverenciar o sol", seja lá o que isso quer dizer — respondeu Tyler dando uma risadinha irônica. Pelo jeito ele não ia muito com a cara do surfista. T.J. colocou algumas frutas picadas em cima do *waffle* fumegante, jogou uma calda espessa de morango e finalizou com *spray* de *chantilly*. Cindy trouxe-o para mim.

— Uau! Isso sim é *waffle*. Obrigado aos dois — Cindy sorriu e voltou para o lado de Tyler. Ele colocou uma colher na boca da garota com sutileza para que ela experimentasse alguma coisa que estava preparando.

— *Magnifique* — falou ela em sinal de aprovação. Ele voltou para a panela com o peito inflado de orgulho. Era nítido — e até engraçado — seu interesse pela garota.

— E você, McRoy. O que achou do *waffle*?

— *Magnifique* — disse eu em tom de brincadeira e com uma péssima pronúncia. Os dois deram risadas. — Acho que, no final das contas, vocês serão o casal que irá sobreviver a isso tudo — falei, me referindo a brincadeira que fizemos no avião, no dia anterior. Cindy baixou os olhos meio envergonhada. Tyler mudou de assunto.

— Onde você foi parar ontem à noite? — perguntou T.J.

— Bom… — Percebi que Cindy parecia um pouco sem jeito com a pergunta que ele havia feito, como se os dois já tivessem falado sobre o assunto antes.

— Mais café? — perguntou ela, tentando disfarçar.

— Sim. — Eu aceitei. Segurei a xícara e estiquei meu braço em sua direção para que ela colocasse um pouco mais. — Obrigado. Então… "Onde" ou "com quem" você quer saber? — T.J. deu um sorrisinho maroto, como se tivesse sido pego no flagra. — Desculpe decepcioná-lo, meu amigo. Fui parar na minha cama. Sozinho.

Cindy olhou para mim como se não pudesse acreditar no que acabara de ouvir. Mas preferiu não comentar nada, continuou picando os morangos. Tyler, por sua vez, não fez a mínima questão de esconder a sua curiosidade e perguntou:

— Não aconteceu nada?

— Não. Nada.

— Mas logo depois que você foi embora da festa Leonora também foi.

— É. Ela pegou o carro das meninas. Sam teve de voltar com Lokesh e Gaia com Aleksi — comentou Cindy.

— Você não viu Leonora chegar? — perguntou T.J.

— Vi sim. Nos encontramos na piscina, conversamos um pouco e eu fui dormir.

— Quer dizer que o pote de sorvete no *lounge* da piscina era seu? — Ele olhou para Cindy, entregando que os dois especularam bastante sobre o que havia acontecido.

— Vocês me pegaram! — caçoei. — Mas me digam… Como foi a festa ontem? Eu perdi muita coisa? — perguntei.

Queria saber sobre Estela. Queria saber como ela tinha voltado para a mansão. Cindy deu uma leve corada e fez de conta que não havia escutado a minha pergunta, ela se sentou à mesa e tomou um gole de suco de laranja.

— Foi bem legal — respondeu Tyler.

— É, foi bem legal — confirmou Cindy.

Eles ficaram em silêncio. Então, voltei a atenção para o meu delicioso *waffle*. Enquanto saboreava aquela massa fofa com gostinho de baunilha e muita calda de morango, pensava em alguma forma sutil de perguntar sobre Estela. Mas, além de não encontrar um jeito de tocar no assunto, sem parecer ridículo, estava começando a ficar desconfortável com aquela tensão que havia ali, entre os dois. Quando, por sorte, Paolo entrou na cozinha e quebrou o gelo.

— Bom dia — disse ele, me cumprimentando com uma palmadinha nas costas. Em seguida se aproximou de Cindy, deu um beijo no topo da sua cabeça e se sentou-se ao lado da moça. Tyler olhou com um jeito enciumado, mas tentou disfarçar. Meio que a contragosto, preparou para o surfista um *waffle* igual ao meu.

— Para mim? — Paolo se levantou e deu um forte e inesperado abraço em Tyler. — Eu sabia que vocês seriam especiais. Assim que olhei a constelação desse lugar percebi que a *vibe* daqui seria muito boa — disse o rapaz com brilho nos olhos. — Eu sabia que ia encontrar uma nova família. Constelação não mente, cara. — Ele deu mais um abraço em T.J.

Olhei para Cindy tentando ver se para ela aquilo também soava exagerado. Mas, ao contrário do que imaginei, a menina estava totalmente emocionada. Eu devia ser muito insensível mesmo. Aleksi apareceu com a cara de sono e os cabelos bagunçados.

— Por que vocês estão com essa cara? O que foi que eu perdi? — perguntou ele. Paolo se aproximou e deu um abraço no finlandês. — Opa! Isso sim que é uma recepção calorosa — caçoou.

— Você é demais, *big rider* — disse Paolo. Aquilo era meio patético. Claro que Aleksi se divertiu com a situação, ele não levava nada muito a sério mesmo.

— E você? Não vai dar um abraço no seu amigo? — perguntou o finlandês em tom de brincadeira, abrindo os braços na minha direção.

— Sai fora, Aleksi!

Dei a última garfada no meu *waffle*. Ele puxou uma cadeira e se sentou ao meu lado.

— O que aconteceu ontem? Eu soube que você foi embora da festa bem cedo — comentou ele em voz baixa.

— Como você soube? Consultou sua bola de cristal? — ironizei.

— Muito engraçado. — Aleksi franziu o rosto.

— Eu tive uma noite complicada...

— Aposto que não mais do que a minha.

— Mas... Você e a Gaia não estavam aproveitando a festa juntos? Eu vi vocês dois irem para a praia.

— Exatamente! Eu e a Gaia sim... eu e a *Gaia!*

— Hum? — Não estava entendendo o que ele queria dizer com isso.

— Aquela garota é louca!

— Louca?!

— É, cara. Ela é louca de verdade.

— Do que você está falando? — perguntei. Sua expressão assustada estava me deixando bastante curioso.

— É sério, cara. É sério! Acho que ela é bipolar. Ou tem alguma doença de memória, não sei. Nós estávamos voltando da festa, quando de repente ela começou a surtar, pediu para eu parar o carro porque queria descer. Gritou e me estapeou quase todo o percurso de volta. Disse que não me conhecia, que não sabia quem era Gaia e que o seu nome era Geórgia.

— Você está brincando, não está?

— Não. Eu juro.

— E o que você fez?

— Nada. Eu não tive reação. Quando chegamos na garagem, ela desceu do carro e saiu correndo para dentro do quarto. Como eu estava muito cansado, me joguei no sofá e acabei adormecendo ali mesmo. — Aleksi encheu um copo com suco de laranja e acrescentou umas pedras de gelo.

— Eu percebi que você não dormiu no quarto. Vocês não se falaram mais depois disso?

— Bom, hoje de manhã ela foi até o sofá e me acordou. Disse que tinha bebido demais e se desculpou. Mas eu a deixei falando sozinha. Me virei para o lado e voltei a dormir.

— Ela pode ter bebido demais mesmo.

Ele aproximou a cadeira e sussurrou.

— Sei que tem alguma coisa errada com Gaia. — Aleksi parecia mesmo preocupado. — Tem alguma coisa estranha com todos nós — concluiu ele olhando para o nada.

No meu íntimo, eu também sentia que algo estranho tinha acontecido na noite anterior. Não sabia o que exatamente. Samantha e Gaia entraram na cozinha.

— Bom dia, pessoal — disse Sam com um largo sorriso no rosto. — Oba! *Waffle*! — Cindy lhe entregou um prato com a guloseima. Em seguida ofereceu a Gaia, que recusou.

— Não, obrigada. — Gaia lançou um rápido olhar para Aleksi e o ignorou. Então, colocou algumas frutas em um prato e saiu. Samantha foi com ela. As duas pareciam apressadas.

— Você não vai atrás dela?

— Nem pensar! Ainda estou dolorido por causa dos tapas que levei.

Eu ri. Claro que não era por causa de alguns tapas que ele queria ficar distante.

— Deixa de ser covarde. Vá falar com a garota.

— Não mesmo! — E logo mudou de assunto. — Por que você foi embora tão cedo da festa? O que aconteceu? — perguntou ele, trincando o gelo em seus dentes.

— Nada! Eu estava cansado — menti. Não queria falar no assunto.

Estela e Camélia entraram na cozinha. As duas usavam roupão de seda preto, idênticos. Camélia foi para perto de Cindy e Tyler, e Estela se aproximou de mim.

— Posso falar com você em particular? — perguntou ela com um olhar glacial. Eu havia sido pego de surpresa. Não esperava que Estela fosse falar comigo tão cedo.

Aleksi me olhou com as sobrancelhas levantadas, devia estar tão surpreso quanto eu. Me levantei no mesmo instante, curioso para saber o que ela queria falar comigo. Então, Leonora apareceu na cozinha usando a parte de cima de um biquíni e uma mini saia jeans. Meu coração disparou.

— Bom dia! Que mesa linda! — Leo pegou um morango e o colocou na boca. Voltei meu rosto para Estela que fez um sinal com a cabeça para sairmos dali, mas assim que me virei para segui-la, senti uma mão segurando o meu braço. — Sonhei com você, Axel — contou Leonora, em alto e bom som para que todos na cozinha pudessem ouvir.

Aleksi, que estava dando uns goles no seu suco de laranja, começou a tossir e quase se engasgou.

— Cof!Cof! Desculpem!

— Você está bem? — perguntou Cindy. Aleksi balançou a cabeça dizendo que sim enquanto ainda tossia.

— Eu estou legal. Não se preocupe... *Cof.*

— Vamos para a piscina — pediu Leonora.

— Eu preciso falar com ele antes — disse Estela.

—Você pode falar aqui mesmo, não é, Axel? — Leo lançou-me um olhar fuzilador como se me obrigasse a concordar com ela. Todos olharam para mim esperando que eu dissesse alguma coisa. Mas não tive coragem de abrir a minha boca para fazer uma escolha. Por dentro, eu estava adorando ver duas lindas mulheres disputando a minha atenção.

— É particular! — argumentou Estela. Sua voz soou tão bem aos meus ouvidos. Eu não podia ignorá-la. Não depois da festa de ontem.

— Vou conversar com Estela — falei, tentando pensar em alguma coisa que explicasse a minha decisão. Abri a boca procurando palavras, mas antes que eu pudesse encontrá-las, Aleksi salvou a minha pele.

— Na verdade, meninas... — Ele começou a falar, entoando a sua voz. — ...ele vai conversar comigo!

— O que? — perguntei. Eu estava meio atordoado.

— Eu preciso falar com o meu amigo McRoy. Sabe, papo de homem. Depois eu devolvo ele inteirinho para vocês. — Aleksi colocou a mão no meu ombro e me puxou para fora da cozinha. Disse algo em finlandês que eu não entendi.

— O que disse?

— *Onneka!* Sortudo!

— O que foi aquilo? Elas estavam mesmo "brigando" por mim?

— Elas estavam.

— Que loucura!

— Mas eu precisei intervir, cara. E não precisa me agradecer! — disse ele, sentindo-se o máximo.

— Por quê?

— Porque eu li a mente das duas... E elas pensaram basicamente a mesma coisa.

— O que elas pensaram?!

— Se você escolhesse uma, perderia todas as suas chances com a outra. Por um triz isso não aconteceu.

"Por um triz", repeti aquelas palavras mentalmente. Aleksi me olhou com um ar convencido e balançou a cabeça em sinal afirmativo. Era difícil me acostumar com a ideia de ter alguém lendo meus pensamentos.

Fomos direto para o nosso quarto. Lokesh, Gaia e Samantha estavam sentados na cama do indiano sussurrando, e assim que nos viram, pararam de falar imediatamente. Em silêncio e assustados, eles olharam para nós dois.

— Eles sabem — sussurrou Aleksi, olhando para os três com os olhos arregalados.

"Eles sabem"? O que eles sabem?

QUARTO CRESCENTE 11

Eu não fazia ideia do que Aleksi estava falando, mas pude sentir um clima de mistério ali, no quarto lua crescente. Por alguns instantes, o enigmático finlandês manteve seus olhos fixados em Samantha, provavelmente tentando "ler" seus pensamentos. Então, os três — Lokesh, Gaia e Sam — começaram a fazer perguntas ao mesmo tempo: "O que nós sabemos?"; "O que acha que sabemos?"; "O que você sabe?". Não consegui distinguir quem perguntou o que, mas percebi que eles estavam muito assustados. Assim como eu.

— Calma pessoal, um de cada vez... — pedi. Olhei para Aleksi, seus olhos iam de Sam para Gaia e sua mente parecia vagar, como um barquinho à deriva em um mar aberto. Um barquinho perdido no Pacífico. — O que está acontecendo? — perguntei.

— Eu disse que havia alguma coisa errada com todos nós! — exclamou com olhos arregalados. Sam levou a mão a boca e balançou a cabeça concordando com que acabara de ouvir. Foi como se ele tivesse dito algo que se encaixava perfeitamente no assunto que, alguns minutos atrás, os outros estavam sussurrando.

Puxei o finlandês para dentro do quarto e fechei a porta.

— O que você leu na mente deles?

— Na nossa mente?! — Samantha se levantou e o puxou, fazendo com que ele se sentasse na cama. — Você consegue ler as nossas mentes?

— *Lorde Ganesha*, esse papo está muito esquisito para essa hora da manhã — resmungou Lokesh. — Ele não quis dizer que lê mentes... *Quis?* — indagou o indiano, virando-se para Aleksi, que agora estava sentado no chão, em cima de um tapete branco e felpudo. Então, encostado no pé da cama e com seus braços apoiados nos joelhos, ele começou a explicar:

— Eu acho... Quero dizer, nós achamos... — O finlandês apontou para nós dois ligeiramente umas três vezes. Todos deram uma breve olhada para mim e logo voltaram a fitá-lo. — ...Que tem algo de errado...

— Com o quê? — interrompeu Lokesh meio incrédulo, enquanto Samantha se acomodava ao seu lado, tentando ficar bem de frente para Aleksi. Parecia ansiosa para saber mais sobre o assunto.

— Com cada um de nós — respondeu.

— Comigo não tem nada de errado. Eu me sinto perfeitamente normal — retrucou o indiano.

— Você? Você é completamente anômalo — implicou Aleksi. Lokesh jogou o travesseiro nele, acertando-o bem no meio da cara.

— Gente, o assunto é sério! — reclamou Samantha com um tom bem ríspido, pedindo a atenção dos dois.

— Vocês sabem que eu estou falando a verdade, não sabem? — perguntou o finlandês. Dessa vez, com o semblante apreensivo. Samantha e Gaia não disseram nada, não concordaram, mas também não negaram. Acho que as duas acreditavam nele. Lokesh olhou para mim com uma sobrancelha levemente levantada, esperando que eu dissesse que aquilo tudo não passava de uma brincadeira. Então, Aleksi continuou: — Ontem à noite, eu consegui ler a sua mente — contou ele, olhando para Gaia, que no mesmo instante desfez a expressão perplexa do seu rosto e se mostrou extremamente ofendida.

— Você não podia ter feito isso! — reclamou ela. — Meus pensamentos são exclusivamente meus. *Idiota*!

— Me desculpe, mas...Você parecia uma louca — argumentou ele.

— O que aconteceu ontem? — perguntou Lokesh.

— Nada demais! Eu só bebi um pouco além da conta — ruborizou Gaia. Depois falou alguma coisa bem baixinho, como se conversasse com seus botões, mas eu só consegui entender a palavra "cacau".

— Você consegue mesmo ler mentes? — perguntou Samantha encarando o finlandês.

— Bom... Eu consigo *ouvir*... E, também não é tão simples assim... Só quando os pensamentos se formam claramente, sem emoções, e eu tenho de estar totalmente concentrado.

— Sempre foi assim? — A ruiva era a mais interessada no assunto.

— Não. Não mesmo. Eu já tinha feito algumas vezes, até sem me dar conta. Não tinha noção o que eram aquelas vozes na minha cabeça. Demorei um tempo para perceber que as vozes eram os pensamentos das pessoas se formando. Nem sempre é claro, nem sempre é audível.

— E quando você descobriu que "lia" pensamentos? — perguntou Gaia.

— Um pouco antes de vir para cá. Mas foi aqui que tudo se intensificou. Eu consigo ler a mente de vocês muito mais fácil do que de qualquer outra pessoa — explicou ele. Gaia e Samantha se entreolharam. Era incrível como elas se entendiam. — Agora você pode falar sobre suas visões, Sam.

— O q... quê? — gaguejou ela. — O que você sabe sobre as minhas visões? — Samantha estava com um misto de admiração e medo.

— Quer parar de se exibir, Aleksi — falei.

— É mais forte do que eu, cara. — Ele riu. Aquilo era

realmente fascinante, Aleksi estava empolgadíssimo.

— Era isso que eu estava tentando lhe contar antes deles entrarem no quarto... — disse Sam, virando seu rosto para Lokesh. — Sobre... *intuição*!

— Agora eu me sinto um perfeito idiota — resmunguei. Todos me olharam intrigados com o meu comentário meio fora de contexto. — Quando você disse que intuiu que viríamos para uma ilha, eu ri de você — expliquei.

— Não se preocupe com isso... Ninguém acreditou em mim mesmo. Ao menos você falou o que estava pensando — disse ela, que logo continuou: — E... não foi bem intuição... quando me convidaram para vir, disseram que o senhor Montego estaria me aguardando. Então, eu fechei os olhos e tive uma visão... eu o vi em uma ilha. Nessa ilha. Como se eu estivesse... não sei... como se eu tivesse vindo aqui em pensamento...

— Teletransporte! — interrompeu Aleksi. Sam olhou para o finlandês reflexiva e, depois de alguns segundos, alardeou:

— Isso! Teletransporte! E essa coisa está ficando ainda mais forte.

— Exatamente como aconteceu comigo — lembrou Aleksi.

— Agora eu vejo imagens na minha mente, cada vez mais claras...

— Do que você está falando? — perguntou Lokesh.

— Eu sabia que viríamos para uma ilha. Eu disse no hotel.

— Algum dos funcionários do senhor Montego pode ter contado para você — interrompeu Lokesh.

— Se você não acredita, fique calado! — ordenou Samantha.

— Estou apenas dizendo que você pode ter ouvido alguém dizer "ilha"... — justificou o indiano. Sam olhou de rabo de olho para ele e o ignorou.

— Ninguém me contou, não! Eu vi bem claro na minha mente a imagem da ilha. Eu vi o senhor Montego numa ilha. Eu vi quando a mulher no telefone falou comigo e eu vi no hotel quando estava com vocês. — Sam apontou para mim e para Gaia.

— É verdade. Eu consigo ler a mente dela, cara. Ela está falando a verdade — explicou Aleksi para Lokesh, que respondeu com ironia:

— Talvez você tenha bons palpites… — Ele apontou para Samantha. — …E talvez você seja louco. — Ele apontou para Aleksi.

— E você é irritante! — bufou Sam.

— Não vai me dizer que você também acredita nisso, vai? — perguntou Lokesh para mim. Mas antes que eu pudesse responder, Aleksi desafiou o indiano.

— Pense em alguma coisa. Qualquer coisa.

No primeiro momento, Lokesh se recusou dizendo que "não participaria dessa bobagem", mas, por insistência das meninas, acabou aceitando. O indiano manteve-se de olhos fechados tentando se concentrar em algo.

— Eu não consigo ler a mente dele — disse Aleksi, intrigado.

— Não acredito! — Samantha estava furiosa por não conseguir provar para Lokesh que estava falando a verdade. Então, Gaia teve uma ideia.

— Fala o que você está pensando no ouvido de Sam, para que Aleksi leia seus pensamentos através dos dela.

Lokesh fez uma cara esquisita. Ressabiado, fez o que Gaia havia sugerido e falou alguma coisa para que só Samantha ouvisse. Nessa altura, até ele queria saber se aquela história fazia algum sentido.

— Você me chamou de finlandês maluco?! — queixou-se Aleksi, com um sorrisinho irônico na boca por ter conseguido ouvir o pensamento de Sam. Lokesh ficou atônito, abriu a boca para falar alguma coisa, mas depois fechou. E eu comecei a rir... "finlandês maluco"!

— É verdade, então?

Samantha vibrou batendo palminhas.

— Viu? É verdade! — Ela abraçou Lokesh, que mal conseguiu retribuir o abraço. Ele estava pálido e boquiaberto. — Mas... Por que você não consegue ler a mente dele? — Aleksi não soube responder. Então, Sam arriscou um palpite. — Talvez ele consiga bloquear a própria mente.

— Quer dizer que o meu poder é bloquear minha própria mente? — Lokesh fingiu estar triste.

— Você não consegue falar sério?! — esbravejou Samantha.

— Se fosse realmente isso, não seria totalmente inútil — disse Aleksi, dando um peteleco na orelha do indiano, que tentou revidar. Tive de segurá-lo para encerrar a brincadeira. O assunto era mesmo sério.

— Vamos nos concentrar, gente — pediu Sam — Talvez os outros também tenham algum tipo de poder... Acho que por isso estamos aqui. Quem nos trouxe para cá sabia disso.

— Tentem lembrar de alguma coisa suspeita que os outros tenham dito... — sugeriu Gaia. — Aleksi, você veio para cá com Estela e Vincent... Não percebeu nada estranho?

— Não... Nada. Vincent é um cara legal... E, quanto a garota marroquina... Bom... acho que Axel pode falar melhor do que eu! Ontem ele esteve com Estela. E com Leonora.

— Como assim? Com as duas? — perguntou Lokesh. — Bate aqui, cara! — Ele esticou sua mão em minha direção. Encostei minha mão discretamente, tentando não me gabar. As meninas eram amigas de Leonora, e eu não queria que fossem contar nada para ela, principalmente sobre Estela. A ruiva fuzilou o indiano com o olhar.

— Mas não aconteceu nada... Com nenhuma das duas — justifiquei.

— Nadinha? Nem um beijinho na piscina? — Aleksi acabara de ler a minha mente. Não acredito que ele contou isso na frente das meninas. Quis chutar o finlandês que estava morrendo de rir da minha cara.

— Quer parar de ler a minha mente?!

— Ainda bem que a minha é bloqueada — disse Lokesh, dando uma piscadela para Sam, como se tivesse um segredo para esconder.

— Mas a dela não é — retrucou o finlandês. Lokesh franziu o cenho e balançou a cabeça como um pêndulo. Era comum o indiano fazer tal gesto enquanto pronunciava uma palavra hindu: "*tiki he*"

— Foi só um selinho.

— Eu sei — sussurrou Sam.

— Como você sabe? — perguntei indignado.

— Leonora me contou — explicou ela. — Leo ficou horas reclamando de você, não me deixava dormir.

Tentando ser o mais discreto possível, contei o que havia acontecido com Estela e em seguida Leonora. Afinal de contas, nós procurávamos por pistas que comprovassem a teoria de Aleksi. Claro que eu não falei absolutamente nada sobre o que senti enquanto estive com as duas. Ninguém tinha nada com isso! E, eu jamais deixaria Leo saber, através das amigas, que mexeu comigo.

— Eu li o pensamento delas e não vi nada de errado — comentou o finlandês com muita naturalidade.

— Você leu o pensamento delas?! — perguntou Samantha em tom de crítica.

— Mais ou menos... — ruborizou ele. — As duas travaram um duelo na cozinha pelo coração do meu amigo McRoy. Eu só quis ajudá-lo a sair daquela enrascada.

— Decisão difícil. São duas lindas garotas... — comentou Lokesh.

— Três. Ainda tem a Lily — brincou Aleksi.

— Quem é Lily? — indagou Gaia.

— Essa é uma longa história... — comecei. — Lily é a mulher que me convidou para vir para cá. Não foi ela que convidou vocês? — Todos abanaram a cabeça. Então continuei: — Eu a conheci no dia do meu aniversário e uns dias depois ela apareceu no meu trabalho. No dia do incêndio...

— Que incêndio? — Gaia arregalou os olhos.

Contei para eles, em detalhes, tudo que havia acontecido no Arkansas. Contei sobre o fogo. Contei como ele não havia me queimado. Contei tudo que tinha acontecido no dia do incêndio.

— E só agora você fala isso? — perguntou Samantha.

— Vocês estavam mais interessadas nesse papo de "ler mentes" — caçoei.

— Não fique com ciúmes... Pelo menos você consegue fazer alguma coisa. Olhe o nosso amigo ali. — Aleksi apontou para Lokesh. — Ele não consegue fazer nada!

Lokesh nem se importou com a brincadeira. Ele ainda estava assimilando o que eu havia dito sobre o incêndio. Claro que ele ia querer ver para crer.

— Ah! Esse teste eu quero fazer... Alguém tem um isqueiro?

— Não! Nada de testes agora! — exclamou Samantha. — Se você ainda não acredita em nós, pode sair do quarto. — Aquela ruiva podia ser bastante brava, se quisesse. Lokesh baixou os olhos e ficou em silêncio.

— E você Gaia? — perguntei. — Aconteceu alguma coisa diferente contigo?

Gaia olhou para Aleksi e deu um longo suspiro.

— Não. Nada.

— Talvez alguns de nós ainda estejam aprimorando esses "poderes" — comentou Aleksi.

— Poderes? — indagou ela. — Acha mesmo que vocês têm poderes?

— Nós temos. Você também deve ter, Gaia.

— Definitivamente, aqui não tem nenhum super-herói — opinou a garota do cabelo colorido.

— Você diz isso porque não viu a força de Tyler — retrucou Aleksi.

— Tyler! Como eu tinha me esquecido dele? É o cara mais forte que eu já conheci. — Contei para as meninas o que tinha acontecido no dia anterior, quando eu e ele disputamos uma queda de braço. Lokesh ficou reflexivo, com a mão no queixo. Ele também tinha visto a força de T.J. Talvez estivesse começando a acreditar que tinha mesmo alguma coisa errada conosco. — Ontem ouvi Cindy reclamar sobre a sua mão... Alguma coisa assim. — Tentei lembrar de qualquer coisa diferente que havia visto ou ouvido desde que cheguei naquela ilha.

— Você passou um bom tempo com Camélia e Paolo. — Samantha virou-se para Lokesh. — Lembra de ter acontecido alguma coisa estranha? Alguma coisa no mínimo incomum? — Lokesh olhou para cima tentando lembrar de alguma coisa.

— Bom, vocês hão de convir que Paolo não é lá muito normal... Qualquer coisa que ele faça ou diga pode ser considerada estranha. E Camélia sempre ficou distante, passou a maior parte do tempo lendo...

— Não se lembra de absolutamente nada? — insistiu a ruiva.

— Nada mesmo.

— Já sei! — exclamou Gaia. — Eu posso fazer algumas perguntas para eles, enquanto Aleksi tenta ler os seus pensamentos.

— Genial! — Samantha concordou. — Temos de contar isso tudo para Leonora.

— Nada disso — vociferei.

— Ela é nossa colega de quarto, ela tem que saber!

— Por enquanto não. Quanto menos pessoas souberem melhor. Nós nem sabemos ao certo o que é isso.

— Ah...! E quem te nomeou líder? — resmungou Sam. — Ela é nossa amiga.

— Amiga? Você acabou de conhecê-la!

— Você também — retrucou ela. — Mas eu prefiro confiar nas pessoas.

— Podemos fazer uma votação — sugeriu Lokesh a fim de acalmar os ânimos entre nós dois.

— Não é estranho eles terem escolhido todos nós? — perguntou Aleksi. — Somos tão diferentes um do outro.

— É mesmo — concordou Gaia. — Somos pessoas diferentes... De lugares distantes... acho que tem muito mais coisa que a gente não sabe.

— Será que pode ter alguém infiltrado entre nós? Isso até que daria uma boa série de TV — brincou Samantha.

— Acho que eles estão nos estudando — sugeriu o finlandês.

— Eles? — perguntei. — Eles quem?

— Corporação Ophiuchus, meu amigo. Os caras são *bilionários*, podem fazer o que quiserem — respondeu ele.

— Pessoal, vamos com calma! Isso tudo ainda é teoria da conspiração — ponderou Lokesh. — Provavelmente, estamos sob efeito de alguma coisa que bebemos ontem.

— Isso é real — falou Sam convicta, enquanto levantava da cama — Vou chamar Leo até aqui.

— Não faça isso! — Segurei seu braço tentando impedi-la.

— Eu faço o que eu quiser! Você não pode me impedir!

— Me ajuda aqui, Lokesh — pedi ajuda ao indiano ainda segurando o braço daquela ruivinha irritante. Talvez ele pudesse convencê-la a desistir de chamar Leonora.

— Eu não vou ser desleal com a minha amiga. Ela tem o direito de saber, ela também faz parte disso... — Se eu não estivesse tão aborrecido, até que seria bonitinho ver aquela garota baixinha batendo o pé no chão, em protesto. — Você deveria ficar aqui no quarto para não arranjar mais confusão. E você, Aleksi, sabia que tinha alguma coisa errada desde ontem e não nos contou. Temos que falar com os outros, eles têm o direito de saber.

— Sam, ainda não temos certeza de nada — Tentei argumentar.

— Nem vem, Axel! Nós temos que trabalhar em grupo. Estamos juntos nessa — disse ela com um tom avermelhado nas bochechas sardentas.

— Tudo bem. Leonora tem mesmo o direito de saber — concordei. — Mas deixa que eu conto para ela.

— E desde quando vocês conversam civilizadamente? Se não está babando na garota, está discutindo com ela.

Pelo jeito Leonora passou muito tempo falando sobre mim. E, com certeza, não havia sido nada de bom.

— Vocês dois podem parar de brigar um instante — pediu Lokesh. — Eu ainda nem tomei café da manhã. Deixa o Axel falar com ela, Sam. Enquanto ficamos aqui decidindo o que fazer sobre os outros.

— Pode ir conversar com Leonora, então. Mas seja breve, porque depois eu quero falar com ela também — disse Samantha, se sentando e ajeitando seus longos cabelos ruivos num coque bem alto. — E, se você quiser ser um bom líder, Axel McRoy, tem que aprender a nos ouvir — completou, meio aborrecida.

Líder? Será que eles me viam como o líder do grupo? De fato, eu poderia sim ser um bom líder.

— Tudo bem — concordei. — Primeiro vou conversar com ela, depois escuto as ideias de vocês. Só preciso de um tempinho. — Dei uma piscadela para a ruiva, que se manteve carrancuda e com os braços cruzados.

— Depois me traga um *chai* — pediu Lokesh. Um *chai*. Será que tinha isso na cozinha?

Saí do quarto e fui procurar por Leonora enquanto repassava mentalmente tudo que acabara de escutar no quarto lua crescente. Lembrei do que Lily havia me prometido naquele *pub*: conhecer minha verdadeira vocação. Lembrei das palavras que escaparam da sua boca tão naturalmente: “suas habilidades”. Será que nós tínhamos mesmo alguma habilidade especial? Será que Leo também tinha alguma?

Esperava encontrá-la no *closet* — seu lugar favorito na mansão —, mas não havia ninguém por lá. Aproveitei para colocar um traje de banho. Fiquei imaginando diversas formas de contar uma coisa que nem eu mesmo sabia se acreditava. Era difícil assimilar tantas informações... As perguntas não paravam de brotar na minha cabeça e eu não conseguia encontrar nenhuma explicação plausível para nenhuma delas. Como pode alguém ler mentes? Ninguém consegue fazer isso!

Uma sensação inesperada e inexplicável invadiu o meu peito, que, por conta de tanta especulação, estava apertado. Mesmo sem conseguir descrevê-la, sabia que era uma sensação boa. Já não estava mais aflito. Começava a me sentir em paz e confiante. Me senti mais forte do que nunca. Então, naquele momento, tive uma certeza. Entre tantas dúvidas, uma única certeza: eu estava no caminho certo!

Respirei fundo e desci ligeiro as escadas.

12 UM BALDE DE ÁGUA FRIA

Tyler, Cindy, Vincent e Camélia estavam na cozinha. T.J. e Cindy retiravam as louças da mesa, enquanto Vincent as colocava na máquina de lavar, os três pareciam animados. Camélia, ao contrário, preparava alguma coisa no fogão com cara de poucos amigos. Não estava mais com o robe de seda, parecia pronta para fazer ginástica: usava um conjunto de *short* e blusa de *lycra* azul, tênis branco de corrida e os cabelos amarrados em um rabo de cavalo. Assim que cheguei todos eles pararam de falar e prestaram atenção em mim.

— Tem *chai*? — perguntei, tentando disfarçar o constrangimento por interromper a conversa.

— Ali. — Camélia apontou para um porta cápsulas ao lado da máquina de café. Vi que havia cápsulas de diversos sabores e uma delas devia ser o tal *chai*.

— Obrigado. Vou avisar a Lokesh. — Eu já estava de saída quando a garota oriental me chamou.

— Axel — disse ela, com um tom frio e inexpressivo. Mesmo com uma roupa despojada era fácil aquela garota impor respeito. Seu jeito sério deixava qualquer um apreensivo. Imaginei que fosse falar alguma coisa sobre Estela. Me virei meio cabisbaixo com receio de perguntar o que ela queria comigo. — Eu vou preparar o almoço, depois de correr na esteira... — começou, olhando bem dentro dos meus olhos. — ...Queria saber se você tem alergia a alguma comida.

— Não! Nenhuma! — disse eu, aliviado.

— Certo — Então, voltou a prestar atenção na panela como se eu nem estivesse mais ali.

Saí da cozinha o mais depressa possível, antes que alguém tocasse no assunto. Eu tinha novos problemas e estava prestes a resolver um deles. Fui até a piscina pensando no que Samantha havia dito sobre confiar nas pessoas.

O sol cintilava naquele imenso oceano azul, ao fundo. Avistei Leonora no *deck* da piscina, deitada em uma das espreguiçadeiras com um biquíni vermelho minúsculo, do tipo que só se via nas revistas. Me aproximei pensando em fazer algum comentário sarcástico. Mas, para minha surpresa, ela baixou seus óculos escuros com a ponta dos dedos, me olhou fixamente sobre eles e deu um largo sorriso.

— Você demorou — disse ela, dando um tapinha na espreguiçadeira ao lado da sua, para que eu me sentasse ali. Mas continuei em pé, daquele ponto o visual era perfeito.

— Pensei que você estivesse brava comigo.

— Confesso que ontem eu estava um pouco temperamental. — Ela sorriu.

— Um pouco?! — ironizei.

Ela me olhou nos olhos, fechou a cara e depois sorriu novamente.

— Espere até me ver *completamente* temperamental.

— Está fazendo planos para o nosso futuro?

Leonora se levantou delicadamente, colocou os braços por cima dos meus ombros e os pendurou em volta do meu pescoço.

— Isso seria tão ruim?

— Hum... Não sei.

— Não sabe?

— Talvez eu prefira ficar livre — disse, mas logo me arrependi. Não podia brigar, tinha ido em missão de paz, apenas para contar o que havia conversado com os outros no quarto. Então, antes que ela reclamasse da minha resposta, puxei-a para mais perto de mim e continuei: — Mas você é tão linda que eu posso pensar em abrir mão dessa liberdade. — Um sorriso malicioso brotou em seu rosto.

— Gostei de saber disso.

— Preciso de um mergulho, está muito calor aqui.

Pulei na piscina. A água estava bastante agradável, dei um mergulho nadando de uma ponta a outra. Leonora ficou de pé na borda da piscina, me observando. Estendi meus braços para ela, que sem pensar duas vezes pulou na água, em minha direção. Tomado por um incontido desejo, puxei-a sem muita delicadeza e tasquei um beijo molhado e ardente na sua boca, que retribuiu com a mesma intensidade. Mantive minhas mãos em sua cintura, enquanto as suas entrelaçavam-se na minha nuca. Apesar de estar imerso em água, podia sentir o calor do seu corpo que se encaixava perfeitamente ao meu, como se tivéssemos sido feitos um para o outro. Era gostoso sentir aquela adrenalina correndo em minhas veias. Suas mãos deslizaram um pouco mais para frente, então, ela começou a acariciar meu rosto. Por um segundo, me senti completamente apaixonado. Quis vê-la. Parei de beijá-la para olhar bem dentro dos seus olhos cor de âmbar. Percebi um sutil constrangimento no seu rosto, como se estivesse fazendo algo que não deveria fazer. A garota dourada quis se afastar, mas minhas mãos a impediram de sair.

— Axel — sussurrou ela. — Me solte, por favor.

— Não! Não vou deixar você sair do meu lado.

Nesse momento, seu semblante passou de fragilizado para o habitual convencido.

— Eu sei que você não consegue ficar longe de mim — disse ela, retirando as minhas mãos de sua cintura rispidamente.

— Do que você tem medo? — perguntei. Estava realmente achando que ela tinha algum motivo muito forte para me evitar. Não podia ser apenas charme ou algum tipo de jogo duro. Era nítido que ela estava sentindo o mesmo que eu.

— Eu não tenho medo de nada. Você é que deveria ter... — afirmou, com um sorriso orgulhoso no rosto.

— Quer dizer que você não sente nada por mim? Não sentiu nada com o beijo que eu te dei?

Leonora deu de ombros com seu ar de desdém. Era difícil saber sobre os seus sentimentos. Num minuto eu podia jurar que ela gostava de mim e no minuto seguinte ela agia como se eu fosse seu arqui-inimigo.

Mas se havia algo sobre ela que eu tinha a mais absoluta certeza era a sua personalidade competidora.

— Então... Acho que vou falar com Estela. Vou ver o que ela quer tanto falar comigo, em *particular!*

Quando menos eu esperava senti meu rosto virando abruptamente para o lado. Leonora havia me dado um tapa na cara tão forte que sua unha lascou um pequeno pedaço de pele da minha bochecha. Ela manteve-se na minha frente, me encarando com um semblante furioso. Ficou parada esperando a minha reação. Eu podia jurar que havia uma ponta de desejo em seu olhar por detrás daquela fúria. Leo respirava fundo como se estivesse pronta para me atacar de novo, parecia uma leoa e eu a sua presa. Completamente excitado com seu jeito atrevido, puxei-a para mais perto de mim, quis lhe tascar outro beijo, mas ela usou de toda a sua força para se desvencilhar, ora com socos, ora com arranhões.

— Me deixe em paz, McRoy — falou ela, bastante determinada. Segurá-la e poder sentir seu corpo quente era uma sensação maravilhosa. — Você simplesmente não entende.

— Eu só vou soltá-la quando parar de bater em mim!

— Eu só vou parar de bater quando você me soltar!

Leonora pegou as minhas mãos que estavam sobre seu corpo e permaneceu segurando-as por alguns segundos, enquanto me olhava furiosa. Em seguida, uma expressão intrigada surgiu em seu rosto.

— Deve ser a água... — sussurrou para ela mesma. — Axel, me dê a sua mão — pediu. Já não estava mais com raiva. Aquilo seria um truque para que eu a soltasse? Seria mais uma artimanha da garota dourada?

— Não! Não vou te soltar assim tão fácil.

— Me dê logo a sua mão! — exclamou. — Por favor... — Curioso com aquele comportamento, soltei-a. Ela, então, entrelaçou sua mão na minha e ficou analisando aquele gesto durante algum tempo, como se estivesse esperando alguma coisa acontecer.

— Leo? — disse eu. Ela me olhou com seus olhos dourados. — Eu quero você.

Leonora não disse uma palavra sobre o que acabara de ouvir. Apenas arfou em resposta, parecia exausta. Ela desentrelaçou nossas mãos e se distanciou um pouco. Seu corpo brilhava com a luz o sol.

— Eu preciso subir — disse baixinho, enquanto se afastava de mim. Mas antes de sair da piscina, completou. — Podemos conversar mais tarde?

— Por que não agora? — perguntei. — Fique aqui comigo. Eu também preciso falar com você. Aliás, foi para isso que eu vim.

— Axel, por favor...

— Eu posso entender muito mais do que você imagina — argumentei. Ela me olhou de um jeito desconfiado. — Confie em mim, Leo. Só confie...

— Certo.

— O que você disse? — perguntei, sem acreditar no que acabara de ouvir.

— Eu disse "*certo*". — Ela me jogou um pouco de água e sorriu. — É tão difícil de acreditar?

— Que você está deixando eu ganhar uma discussão? Sim!

— Viu? Eu posso te surpreender.

— Pode mesmo...

Ela se aproximou de mim com um jeito manso e encostou sua cabeça no meu peito. Desejei que ela ficasse ali para sempre.

— Podemos conversar, mas com uma pequena condição.

— Eu sabia! Estava muito, muito fácil.

— Calma!! Deixa eu explicar... — Ela olhou para mim sem deixar de me abraçar. — Vamos passar o dia juntos, sem falar nada. Podemos ficar aqui na piscina, ir na praia, assistir um filme... O que acha? Então, amanhã cedo conversaremos sobre o que você quiser. E eu te conto uma coisa.

— Hum... Deixe-me pensar. — Eu estava extremamente ansioso para conversar com ela, queria saber mais sobre a sua vida e o que tinha para me contar. Quais segredos ela guardava? Será que também tinha habilidades especiais? Será que sabia disso? Mas, por outro lado, passar o dia todo com a garota dourada seria ótimo.

— Então, o que você me diz?

Minha resposta para aquela pergunta foi pegá-la pela cintura e erguê-la para o alto o máximo que meus braços conseguiram esticar, em seguida, a aproximei com a intenção de lhe dar um selinho rápido para fechar o acordo. Mas Leonora foi além e mordiscou o meu lábio, tornando impossível parar de beijá-la. Ouvimos alguém mergulhando na piscina. Parei de beijá-la de imediato, olhei para trás e vi Paolo emergindo da água.

— Celestial — disse o surfista, se acomodando na borda da piscina e admirando o ambiente ao redor. — Não pegava uma onda boa assim desde Teahupo'o. No lado sul da ilha a sequência de ondulações é perfeita... *Radical*!

— Você foi até lá? — perguntei.

— Fui explorar o local. E ainda consegui conversar um pouco com os meus amigos golfinhos...

— Conversar com golfinhos? — interrompi. Ou aquele cara era meio maluco ou falar com os bichos era o seu "superpoder". Mesmo com Leonora tão perto de mim, não podia deixar de pensar em tudo que havia conversado com os outros. Será que o surfista conseguia conversar com seres marinhos? — Você realmente falou com eles? Escutou eles dizerem alguma coisa?

— Não, cara, não se pode falar com golfinhos. — Paolo me olhou meio intrigado, como se eu tivesse falado a maior maluquice do mundo. — Eles não falam, só criqueteiam.

— Criqueteiam? — perguntou Leonora com a cara de quem não estava entendendo nada. — Nunca tinha ouvido essa palavra antes... O que significa?

— É como os golfinhos se comunicam — contou Paolo, como se essa fosse a coisa mais óbvia do mundo. Então, ele fez uma demonstração do barulho, que, de fato, parecia muito com o som de um golfinho.

— Mas você consegue entendê-los? — insisti, antes que ele voltasse a falar de ondas e maré.

— Claro — confirmou ele num tom indiferente e, em seguida, deu mais um mergulho. — Esse sol está de matar! Tomem cuidado para não se queimarem demais. Mas, se por acaso precisarem, vi que tem Aloe Vera aqui na ilha e soube que Camélia é *expert* em fazer loções.

— O que é Aloe Vera?

— Uma planta boa para tratar queimaduras.

Paolo me olhou como se eu fosse o alienado ali. E, devia mesmo ter passado essa impressão, minha mente estava distante, eu não conseguia parar de pensar nessa história de "superpoderes". Quis fazer mais perguntas, embora não soubesse o que exatamente perguntar, sem parecer ridículo. Eu precisava descobrir o que tinha por detrás daquele lugar, precisava descobrir o que havia de errado com todos ali. Então, sem fazer rodeios, fui direto ao ponto.

— Como você consegue ouvir os golfinhos?

Paolo pensou por alguns segundos e Leonora me olhou desconfiada, talvez estivesse imaginando o porquê de tanta curiosidade.

— Quer saber como eu os entendo? Bom, é fácil... basta

sentir a energia que eles transmitem — respondeu vagamente.

— Sentir a energia? Como?

— Sentir, cara. Não tem um jeito para isso, você apenas sente. Enquanto estou no mar, esperando a minha onda perfeita, consigo sentir todos os animaizinhos nadando ao meu redor. Se quiser entendê-los, basta olhar no rosto de um bichinho, seja marinho ou não, que você saberá o que ele está pensando. É assim que me comunico com eles.

— Entendi... — disse eu. Embora não tivesse entendido nada.

— É que, para vocês verem os bichinhos ao redor, precisam parar de olhar um para o outro desse jeito apaixonado aí!

— Viu, Axel, todo mundo já consegue ver que você está louco por mim.

Esbocei um sorriso. A arrogância de Leonora já não me irritava tanto, eu até conseguia achar graça do seu jeito petulante. Naquela altura, tinha muito mais com o que me preocupar, tentava tirar conclusões sobre o que acabara de ouvir de Paolo. Era difícil detectar alguma anormalidade num sujeito comumente anormal.

Paolo ficou em silêncio, encostado na beira da piscina, fitando o céu desanuviado de um belo tom azul celeste, enquanto o sol reluzia sobre nós. Toda aquela explicação meio sem sentido me fez acreditar que havia mesmo algo de errado com o surfista, assim como com todos os outros. Ele continuou olhando para o nada, como se seus pensamentos estivessem longe, ou em alguma lembrança qualquer. Será que todos ali tinham poderes? Talvez eles tivessem consciência disso e eu não. Às vezes chegava a pensar que tudo aquilo não passava de uma alucinação. E logo, logo eu estaria comendo um delicioso *hot dog* e assistindo o super *bowl,* em Nova Iorque.

Ficamos os três em silêncio durante alguns minutos. Paolo então, mergulhou mais uma vez em direção a escada da piscina e se despediu com um gesto de agradecimento e um termo bastante usado entre os havaianos: *"Mahalo".* Leonora continuou deitada em meu peito, acenei com a mão sem olhar para ele. Pude ouvir o barulho do mar ao longe e o som dos pássaros que sobrevoavam a ilha. Me senti completamente em paz.

Leo pousou sua mão com doçura em meu rosto, na face que minutos atrás havia batido com força. Seus olhos encontraram os meus e eu pude sentir meu coração palpitar num ritmo acelerado. Ela manteve a mão no meu rosto, avaliando o estrago que havia feito.

— Admirando a marca que deixou aí? — perguntei, arrancando-lhe um sorriso.

— Eu vou cuidar disso. Além do mais, não foi tão grave assim... Foi só um arranhãozinho de nada — disse ela, dando de ombros. Porém, percebi um parco sentimento de culpa em seus olhos, acho que estava arrependida.

— Não me importo... Estou acostumado com machucados, cicatrizes e olhos roxos.

— Em outras palavras, você vive metido em confusão.

— Hum... Digamos que... os problemas me encontram!

— Eu podia apostar que é você quem os procura.

— Com certeza perderia a aposta. Definitivamente, eles costumam me achar — insisti, com um sorriso debochado.

— O que quer dizer com isso? Está dizendo que eu sou um problema, McRoy?

— Você foi um problema, mas agora pode ser a solução. — Ela novamente me surpreendeu, agora, com uma gostosa gargalhada. Estava ainda mais linda com aquela expressão leve e alegre. — O que foi? Você prefere ser o problema?

— Eu?! — Ela pensou por um segundo. — Digamos que eu seja um lindo e desejável problema! — Peguei a sua mão e lhe dei um beijo.

— Você se faz complicada, é diferente. Mas não me importo, não gosto de nada fácil mesmo.

Seus lábios se aproximaram do meu rosto e então ela beijou onde havia machucado.

— Quer me levar até a praia? — perguntou ela.

Sem pensar duas vezes, peguei-a no colo. Não foi preciso fazer grande esforço, ela era bem mais leve do que eu imaginava, sua pele macia deslizava em meus braços. Leonora deu um gritinho de surpresa, mas não protestou de nenhuma maneira. Já fora da piscina, coloquei-a no chão e esperei sua reação. Ela sorriu.

— Você fez tudo isso para eu ver o quanto você é forte?!

— E você colocou esse biquíni minúsculo só para eu ver o quanto você é sexy? — Leonora abriu a boca tentando mostrar que havia ficado escandalizada com o meu comentário. — Vai dizer que você não escolheu esse biquíni para tirar a minha paz?

— Não acredito que pensou isso! Eu não preciso colocar um biquíni para que você veja que eu sou linda — disse ela, arrancando-me uma boa gargalhada. Eu não me divertia assim há muito tempo. Na verdade, nunca uma garota havia feito eu me sentir tão vulnerável e ao mesmo tempo revigorado. Leonora era muito especial.

— Não, você não precisa pôr nenhum biquíni para chamar atenção. Aliás, acho melhor você começar a se cobrir um pouco mais, Leo — sugeri, enquanto a puxava para perto de mim. — Eu sou bastante ciumento. — Leonora me olhou com desdém.

— O que é bonito é para se ver.

— Para o *namorado* ver.

— Hum?? — Leo se afastou e foi até a espreguiçadeira em que estava deitada e pegou um pano retangular de cima da cadeira — uma espécie de lenço grande, da mesma cor que seu biquíni —, e amarrou na sua cintura fazendo parecer uma saia. — Mas... É só ver mesmo! Vamos logo, eu quero falar com os golfinhos — brincou.

— Não é falar, Leo, é sentir... *Sentir!!* Vem... eu te levo lá.

— De maneira nenhuma — disse ela, dando um passo para trás. — Já sei que você é forte, McRoy. Mas, vamos ver se você é ágil também... Que tal uma corrida até a praia?

— Você não está falando sério. Quer mesmo apostar uma corrida comigo?

— Eu só estava pensando... — Leonora parou de falar e olhou para o céu com uma expressão bastante assustada, então, apontou para cima. — O que é aquilo?!

Olhei para o céu imaginando que alguma coisa estranha estivesse acontecendo. O que tinha de errado com aquela ilha? O que mais poderia acontecer ali? Mas, não consegui ver nada fora do normal, o céu continuava límpido e de um azul primoroso. Foi então que percebi que Leonora havia me enganado e eu acabara de cair na brincadeira de criança mais antiga do mundo. Ela já estava correndo, com uma pequena vantagem à minha frente. Claro que não foi difícil alcançá-la. Por dentro, eu sorria como um menino. *Não acredito que caí nessa!*

13 UMA NUVEM DE FUMAÇA

Nunca, em toda a minha vida, estive em uma praia tão bonita como aquela. Nem mesmo nos filmes da TV ou em algum site da *internet* tinha visto tamanha beleza. A areia era quase branca, bem fina e extremamente plana, como se um enorme tapete margeasse parte do Oceano Pacífico. Aquele lugar era paradisíaco. Chegamos ofegantes e rindo bastante.

— Tudo bem, foi um empate — definiu Leo.

— Está com vergonha que mesmo roubando ficou para trás?

— Não foi roubo, digamos que... Foi uma estratégia de jogo.

— Estratégia de jogo?!

— Isso. O jogo é meu, logo, as regras são minhas. — Leonora sentou-se na areia e pôs-se a contemplar aquele lindo mar azul, o sol cintilava em seus cabelos molhados. Eu a admirava em silêncio e, por um instante, os rostos de Lily e Estela surgiram em minha mente; a comparação era inevitável. Embora, não me restasse nenhuma dúvida, Leo era a mais bonita de todas. Havia fogo dentro dela, uma espécie de luz própria, algo que eu não sabia explicar, mas era visível. Ela era especial. Qualquer um podia ver. E eu via.

Quando eu era criança e ia acampar com o meu pai, costumava ficar sentado durante horas em frente à fogueira que ele fazia para nos aquecer. Eu ficava encantado com a chamas, com o cheiro da madeira queimando, com todo aquele brilho que havia ali. Para mim, Leonora era tudo aquilo e mais um pouco, pois ainda vinha com curvas extraordinárias.

Me sentei ao seu lado e comecei a fitar o horizonte. Ficamos calados, no mais absoluto silêncio, durante memoráveis minutos. Era possível ouvir o som da nossa respiração. Observei que os seus cabelos já estavam praticamente secos e sua pele não estava nem mesmo úmida, como se ela tivesse saído da piscina há horas. Fechei os olhos e comecei a respirar profundamente. Um ventinho fraco trouxe o perfume dos seus cabelos até as minhas narinas. Senti meu coração bater num ritmo mais lento do que o normal — geralmente, ele parece que vai sair pela boca. Mas, naquele momento me senti tranquilo e sereno, como um trabalhador que chega em casa para descansar depois de um longo e exaustivo dia de trabalho.

Voltei a admirar aquela pele dourada que brilhava à luz do sol, seus olhos cor de âmbar me encontraram e um sorriso muito bonito se abriu. Eu estava começando a me acostumar com aquela imagem.

— O que você tanto olha, Axel?

— Você não sabe?

— Sei, mas gosto de ouvir você dizer.

— Estou te admirando.

Seu semblante convencido apareceu.

— Eu não queria ter dado um tapa em você... — Ela voltou a olhar para frente. — Eu te disse que era muito temperamental, mas sei que isso não justifica.

— Sei bem como é perder o controle, Leo. — Segurei delicadamente o seu rosto e o trouxe em minha direção. — Você deveria confiar mais em mim.

Leonora me encarou por alguns instantes.

— Não! Eu decido o quanto eu devo confiar. — Ela se levantou abruptamente. — Vou voltar para a piscina.

— Qual é o problema? — perguntei, enquanto também me levantava. — Leo, me escute.

— Não quero escutar nada! — gritou ela.

— Será que você não consegue ficar sem fazer drama por mais de dez minutos?

Puxei-a para perto de mim, mas ela se desvinculou, puxei-a de volta e ela me deu um baita empurrão.

— Não toque em mim, McRoy — esbravejou Leo. — Quem é você para falar sobre confiança, se você não é nem um pouquinho confiável? Não venha bancar o bom moço, porque eu sei que você não é! E nem é tão bonito assim... Não pense que eu vou fazer papel de trouxa.

— Por quê você está tão irritada? Me diz... O que está te incomodando? — perguntei, já perdendo a paciência. Desejei ficar quieto, mas as palavras saltavam da minha boca sem que eu conseguisse segurá-las. — Por que você não deixa de ser essa menina mimada e volta a ser a garota sexy e legal de cinco segundos atrás?!

Leonora abriu a boca e fechou em seguida. Com a mesma rapidez que havia chegado ali, foi embora e me deixou bufando de raiva. Mas dessa vez ela não iria se safar! Não mesmo! Caminhei até a piscina indignado com seu comportamento infantil... ela havia voltado para a espreguiçadeira, estava agora deitada de bruços na cadeira, sem aquele pano amarrado na cintura. Pude ver seus atributos num belo formato de coração. Aquilo era algo realmente difícil de ignorar...

— Você pode se virar para a gente conversar?

— Não! Estou me bronzeando, não me atrapalhe!

— Estou sem paciência, Leonora.

— Eu não tenho nada com isso...

— Chega! Cansei desse seu comportamento!

Leonora levantou-se bruscamente e amarrou o pano com a intenção de sair dali. Mas, antes que ela pudesse me deixar falando sozinho, peguei-a pela cintura e coloquei-a no ombro. Dessa vez, ela tentou me impedir. Esperneava, me dava socos nas costas e gritava a plenos pulmões. Entrei na mansão com Leo pendurada no ombro e vi Paolo esparramado no sofá assistindo um canal de surfe. Ele deu uma olhada por cima do encosto, fez o sinal de *hang loose* com a mão e voltou a fitar a TV.

— Me solta! — Leonora gritava e me batia cada vez mais forte, enquanto eu caminhava pelo corredor. Chegando na cozinha, vi Tyler e Camélia encostados na bancada. Os dois olharam para mim com os olhos arregalados, pareciam não acreditar no que estavam vendo.

— O cheiro aqui está maravilhoso — disse eu, tentando agir com naturalidade. — Só vim pegar uma... — Olhei para a geladeira e uma ótima cerveja belga saltou-me aos olhos. — Uma cerveja.

— Axel, eu juro que vou te matar quando você me colocar no chão.

— Então, é melhor eu não te soltar, não é?! — Ajeitei Leonora um pouco mais no meu ombro. Me virei para Tyler que estava picando alguma coisa verde numa tábua de vidro e perguntei: — Os outros habitantes da casa estão nos quartos?

— Acho que sim — respondeu ele, tentando conter uma risada. Então, voltou a picar o tempero para disfarçar sua cara. — O almoço vai sair daqui a pouco.

— Valeu T.J.

Subir as escadas carregando Leonora não foi uma tarefa difícil, mesmo ela se agitando bastante, mesmo eu segurando uma *long neck* em uma das mãos. A única coisa que tinha em mente era esclarecer todos os assuntos. Samantha estava certa, o melhor a fazer era ser franco. E já havia passado da hora de conversar sério.

— Você não vai me levar para seu quarto, McRoy. Não mesmo!

— Como você adivinhou? Lê pensamentos também?

Leonora parou de se debater e, por um breve momento,

ficou inerte. Provavelmente, pensando no que acabara de ouvir. Aleksi, Lokesh, Gaia e Sam ainda estavam no quarto conversando, do mesmo jeito de quando saí dali. Embora, agora, tivesse comida por todo os lados. Leo começou a berrar, todos olharam para nós com a mesma expressão abismada de Tyler e Camélia.

— Oba! Cerveja! — Aleksi se levantou e pegou a *long neck* da minha mão. — Você leu meus pensamentos — ironizou ele.

— Ei! Eu peguei para mim.

— Desculpa, cara! Mas eu preciso tirar esse gosto de *chai* da minha boca — argumentou ele.

— Me solte, Axel!

Joguei Leonora na minha cama.

— O que aconteceu? — perguntou Gaia.

— Esse idiota aqui me... me... *sequestrou* — disse Leonora se levantando, ela me deu um empurrão e caminhou até a porta. Era lindo vê-la tão furiosa. — Alguém pode abrir essa *porcaria* de porta?

Lancei um rápido olhar para Aleksi e Lokesh, que entenderam na mesma hora. Eles não deveriam abri-la.

— Leo, senta aqui... Vamos conversar — pedi em voz baixa, educadamente.

— Eu não quero conversar com você — retrucou.

— Por que não? A quinze minutos atrás estávamos conversando normalmente... como duas pessoas civilizadas.

— Porque ela está com ciúmes da Estela — interrompeu Aleksi, dando uma boa golada na minha cerveja. Leonora o fuzilou com o olhar.

— Olhe bem para mim... Não preciso ter ciúmes dela.

— É, mas você está brava porque ele escolheu falar com Estela e não com você.

— Como é mesmo o seu nome?

— Aleksi, o rei do *rock* — disse o finlandês, em tom de

brincadeira. Samantha e Gaia riram baixinho.

— Então, *Aleksi*, guarde suas conclusões para você. Ninguém quer saber a sua opinião — vociferou Leo.

— Não são conclusões, *Leonora.* Eu sei porque li a sua mente.

Leonora então deu uma gargalhada sarcástica e se virou para mim apontando para o bracelete no meu pulso. Ela queria que eu abrisse a porta para sair dali.

— Abra!

— É verdade, Leo — disse Gaia. — É como um superpoder. Aleksi lê mentes, Sam tem uma espécie de premonição... algo assim.

— Se você disser "superpoder" ninguém vai acreditar, Gaia — interrompeu Samantha. — Leo, senta aí que a gente te explica.

— Eu não quero ficar no mesmo lugar que ele! — exclamou Leonora, apontando para mim.

— Mas não para de pensar nele um segundo... — incitou o finlandês.

— Não é porque você pode, que tem de ler a mente de todo mundo, Aleksi — argumentou Samantha. — Isso não é legal.

— Por que você não cuida do seu poder, que eu cuido do meu?

— Vocês dois não vão começar de novo, não é? — pediu Lokesh. Pelo jeito Aleksi e Sam se estranharam no tempo em que estive fora. — Todos nós estamos confusos, sem saber direito o que fazer.

— Que loucura é essa? Do que vocês estão falando? — questionou Leo. — Vai me dizer que você também fala com golfinhos?

— Quem fala com golfinhos? — perguntou Gaia.

— Paolo — respondeu Aleksi.

— Ele também te disse isso? — Leonora quis saber.

— Não, foi você quem disse...

— Hã?

— Mentalmente! Você disse mentalmente. *Eu leio mentes!*

Leonora olhou para Samantha esperando que ela lhe dissesse alguma coisa. Mas quem disse fui eu.

— Leo, me diga uma coisa — falei me aproximando dela, que logo cruzou os braços. — Você já fez algo que não soube explicar? — perguntei com seriedade. Ela me lançou um olhar demorado e todos os outros ficaram observando, esperando sua resposta, assim como eu.

— Pense em qualquer coisa. Pense bem claramente... — disse Aleksi.

— Não! — exclamei. Não queria que Aleksi escutasse os pensamentos de Leonora. Achei melhor mostrar-lhe os tais “superpoderes” de que estávamos falando. — Lokesh, me dê o isqueiro que está no criado-mudo.

O indiano abriu a gaveta, pegou um isqueiro cromado e o jogou para mim. Todos fizeram o mais absoluto silêncio e me observaram atentamente. No primeiro momento fiquei meio hesitante, eu não sabia se daria certo como das outras vezes. Seria uma humilhação gigantesca se eu me queimasse na frente de todos eles, principalmente de Leonora. Fechei os olhos e respirei fundo. Sem pensar em absolutamente nada acendi o isqueiro e, então, encostei naquela pequena chama que rapidamente deslizou para a palma da minha mão. Eu fiquei parado por alguns segundos, segurando o fogo sem me queimar, como na cozinha do quartel. Dessa vez, havia uma plateia. Logo depois o fogo se apagou. Todos aplaudiram com euforia, menos Leonora que se manteve pensativa e de braços cruzados.

— Ele não se queimou — sussurrou ela para si mesma.

— Eu não me queimei! — exclamei em alto e bom tom. Seus olhos encontraram os meus, dessa vez vi um semblante até então desconhecido, algo como preocupação ou medo, ou coisa semelhante. A última coisa que queria era que Leonora se sentisse assustada. — Leo, você não precisa ficar com medo.

Antes que Leonora pudesse falar alguma coisa, ouvimos uma batida na porta. Joguei o isqueiro atrás do travesseiro, me aproximei do sensor e abri a porta. Era Cindy.

— Pessoal, o almoço está quase pronto — avisou a menina.

— Já vamos descer. Obrigada — agradeceu Sam.

— Eu vou trocar de roupa — disse Leonora. Ela saiu do quarto sem nem olhar para trás, Samantha e Gaia saíram também.

— Vou tomar um banho — falei.

Aleksi e Lokesh continuaram jogados em suas respectivas camas. E eu rumei para o banheiro.

Tudo naquele lugar era imponente, além de tecnológico. O banheiro era grande e confortável. De um lado havia uma enorme banheira de hidromassagem e do outro uma ducha vigorosa. Entrei no *box*, liguei o chuveiro e deixei a água fria cair na minha cabeça durante uns dez minutos. Senti meu corpo arder por causa dos arranhões que Leonora havia deixado ali.

Amarrei uma toalha na minha cintura e fui até o *closet* vestir uma roupa. Um par de jeans e uma camiseta branca.

Gaia, Lokesh, Paolo e Samantha estavam sentados na mesa da cozinha, conversando. Como no café da manhã, a mesa do almoço estava lindamente arrumada. Paolo contava mais uma de suas histórias. Parecia realmente interessante, tanto que ninguém percebeu quando eu me aproximei. Então, me fiz presente.

— Onde está o Aleksi? — perguntei a Lokesh.

— Lá fora fumando — respondeu ele.

— Aqui tem cigarros?

— Sim, mas não me diga que você também fuma? — perguntou com tom de reprovação.

— Só quando preciso desestressar. Agora, por exemplo, é um desses momentos. — Saí a procura de Aleksi.

Cheguei do lado de fora e vi Aleksi e Estela sentados na

beirada da piscina, conversando. Estela usava óculos escuros no rosto de um modelo bem grande, o que me impossibilitava saber se ainda estava brava comigo, e brincava com seus pés na água. Aleksi estava esparramado no chão e assim que me viu gritou o meu nome.

— McRoy! — Ele abriu os braços como se pedisse um abraço. — Olha o que eu encontrei, essa casa tem de tudo mesmo — disse ele soprando a fumaça. — Se tem um isqueiro tinha de ter cigarro, não é verdade?

Estela ficou calada olhando para piscina, enquanto Aleksi apreciava os círculos que fazia com a fumaça do cigarro.

— Não pensou em compartilhar?

— Com um bombeiro? Eu estava me escondendo de você, já basta o sermão que tive de ouvir de Lokesh, ou sei lá o que os hindus dizem. — Ele me jogou o isqueiro e um maço de cigarros mentolados. — Estela é a única que veio me acompanhar. — Ao ouvir seu nome, a garota se virou para me encarar, foi então que percebi que ela segurava um cigarro na mão, discretamente. — Mostra o truque que você sabe fazer com o isqueiro, Axel — falou Aleksi, segurando uma risadinha.

Estela pôs seus óculos na cabeça e me fitou esperando para ver o que eu iria fazer. Uma espécie de ansiedade tomou conta de mim, não queria mais falar daquele assunto, não naquele momento, não depois de ver a expressão no rosto de Leonora. Então, acendi o isqueiro e coloquei a minha mão na chama durante alguns segundos e, em seguida, fingi que senti o fogo me queimar. Tirei a mão instantaneamente, abanando-a para "passar a dor". Ela me lançou um olhar penetrante, como se pudesse ver a minha alma, depois levantou-se.

— Pode ficar com o meu — disse a linda garota, entregando seu cigarro para mim. E saiu. Observei-a até onde meus olhos conseguiram acompanhar. Dei uma tragada e me senti bem mais leve.

— Cara, por que você não mostrou a ela? Era a sua chance!

— Não! — esbravejei. — Não agora. E, na próxima vez,

me consulte antes de anunciar o meu "show".

— Sim, chefe. — Ele voltou sua atenção ao cigarro. – Ela é bem bonita.

Sentei ao seu lado e fiquei observando a ponta do cigarro que Estela havia me dado. Imaginando que seus lábios encostaram ali.

— Pensei que gostasse da Gaia.

— Bom, eu gosto... Mas acredito num mundo onde todos são livres — explicou ele. — Eu não sou como você que vai atrás de uma mulher depois de levar um tapa na cara.

— Cai fora da minha mente!

— Não posso evitar. — Ele riu.

— Você é um pervertido.

— Não vou negar, estou mesmo gostando disso... — disse o finlandês, sem sentir o mínimo de culpa pela sua indiscrição. — Mas sabe, acho que Gaia tem dupla personalidade.

— Dupla personalidade?

— Isso... Ontem, quando estávamos no carro voltando para a mansão, no momento em que ela surtou, eu consegui ler alguns dos seus pensamentos. E, acredite, ela pensava de uma maneira completamente diferente, como se fosse uma outra pessoa. Uma outra personalidade!

— Bizarro. Você falou com ela sobre isso?

— Quando eu ia falar sobre o assunto, você apareceu no quarto com uma garota "sequestrada" nos ombros.

— Você conseguiu ler a mente de Leonora? — indaguei.

— Não.

— Não mesmo?

— Não mesmo! Eu estava tentando ler a sua, não sei o porquê, mas a sua mente é a mais fácil de ser lida. Seus pensamentos gritam aos quatro ventos.

— Devo considerar isso um elogio?

— Você está louco? Claro que não! O senhor deveria tentar ser mais discreto. — Tive de rir. Como se eu já não soubesse disso.

— Isso vai ser meio difícil — murmurei. Eu sempre fui explosivo, desde muito pequeno, fosse nos pensamentos, nas palavras ou nas ações. Não seria agora que iria mudar.

— Estela percebeu o quanto você estava desconfortável, cara.

— Imagino que sim.

— Eu tentei arrancar algo dela, mas não consegui nada. — Aleksi deu uma longa pausa para tragar e depois de soltar a fumaça, completou: — Ela consegue ser bem discreta.

— Não foi isso que me pareceu ontem — disse eu, lembrando de tudo que havia acontecido na garagem.

— Você acha que ela pode saber de alguma coisa?

— Não sei, talvez — respondi. — Por um instante, Estela me lembrou Lily. As duas tinham o mesmo jeito sedutor e misterioso.

— Lily, a tal que você conheceu antes de vir para cá...? — perguntou maliciosamente.

— Ela mesma! — Eu ri com a mesma malícia. Nós estávamos nos entendendo, sem muitas palavras. Eu pensava e ele ouvia. — Acho que ela sabia de tudo isso aqui!

— Claro que ela sabia! — Ele amarrou seu cabelo com o elástico que estava no seu pulso. — E... eu não me surpreenderia se todos os outros soubessem também. Mas tem uma coisa que me intriga muito mais... — Ele fez uma pausa para um suspense.

— Fala! O que é?

— Bom... — Ele coçou o queixo. Continuava fazendo suspense.

— Diga logo! Eu não leio pensamentos!

— Como três garotas lindas e sensuais se jogam em cima de você? — perguntou ele, com uma de suas sobrancelhas levantas, essa era sua marca registrada. Nós caímos na gargalhada. Aquele finlandês era mesmo divertido.

— Você tem de admitir que eu sou irresistível.

— Ou isso pode ser uma armadilha!

— Ou eu sou *mesmo* irresistível!

— Depois não diga que eu não avisei, meu amigo.

Gaia apareceu na porta de entrada e nos chamou.

— Rapazes, o almoço está pronto.

— Estamos indo — falei em voz alta, enquanto me levantava devagar.

— Esse sol está acabando com o meu visual pálido *rock in roll* — reclamou Aleksi. — Ei, McRoy, me ajude aqui! Me ajude a levantar!

— Nem pensar!

— Tenha piedade desse jovem sedentário... — Ele esticou a sua mão em minha direção e eu o puxei.

14 CORDEIRO FLAMBADO

Alguns já estavam sentados à mesa. O aroma vindo das travessas estava de dar água na boca. Lokesh se aproximou de mim e de Aleksi segurando um frasco verde e deu duas borrifadas em nossa direção.

— Que merda é essa?! — vociferou o finlandês.

— É para tirar o cheiro de cigarro. Camélia que fez. Vocês tinham de ver a cara da Estela quando Vincent jogou nela... então, não resisti e quis fazer o mesmo com vocês dois.

— Só não precisava jogar nos meus olhos, seu indiano de uma figa — reclamei. Aquilo tinha um cheiro de maracujá misturado com alguma outra coisa que não consegui identificar.

— Eu vou ficar com cheiro de maracujá o resto do dia — resmungou Aleksi, enquanto cheirava seu braço.

— Não é maracujá — disse Camélia, retirando um avental incrivelmente branco da cintura. Não conseguia entender como ela não havia se sujado nem um pouco para preparar o almoço. — É *Rafflesia Arnol•ii*, uma planta com o cheiro bem forte. Eu fiz uma mistura para deixá-la mais suave, mas ainda capaz de tirar o *fedor* de cigarro — contou ela, orgulhosa de si mesma.

— Tudo bem! Agora vou ficar cheirando a *Rafflesia* qualquer coisa — reclamou Aleksi irritado.

— Não, não vai... E o cheiro de cigarro sairá por completo — argumentou Vincent. — Eu detesto cheiro de cigarro!

— E eu detesto essa mania de criticar os outros... — sussurrou o finlandês com a mão na boca, abafando o som para que só eu ouvisse.

— Espero que gostem de cordeiro flambado. Também tem legumes gratinados com tofu, além de salada e purê de batatas — disse Cindy. Ela colocou uma travessa na mesa. Tyler e Camélia eram ótimos cozinheiros, quase tão bons quanto a minha mãe.

Passar uns dias no Arkansas me fez lembrar como é bom saborear uma comida quentinha e caseira de verdade. Em Nova Iorque, era comum eu comer *fast food* ou comida congelada. Meu pai não costumava cozinhar, eu também não. E nunca íamos a bons restaurantes. Às vezes pedíamos comida italiana de uma ótima cantina que ficava na esquina da rua do nosso apartamento, geralmente em dia de jogo na TV. Isso era o mais próximo de um jantar caseiro. Nos poucos dias em que estive na casa da minha mãe, ela preparou todos os meus pratos preferidos: costeleta de porco, cozido de frango, espaguete com almôndegas. No domingo — para a minha despedida —, o cardápio fora o mais especial de todos: bolo de carne, purê de batatas e, para a sobremesa, *possum pie*, a torta da minha infância, sua especialidade.

Enquanto eu me deliciava com o cordeiro, observei que Lokesh se serviu de tofu e, após a primeira garfada, elogiou o prato vegetariano lambendo os beiços. Peguei um pedaço do cordeiro e um pouco de purê, que estava incrivelmente cremoso.

— Lia, isso está ótimo! — elogiou Lokesh.

Era difícil de acreditar nele, não tinha como tofu ficar ótimo. Já o cordeiro estava mesmo delicioso; flambá-lo foi uma boa ideia, ficou muito, muito suculento.

— O cordeiro está incrível. Aliás, o purê de batatas também — disse eu. — Tudo muito bom, como o seu café da manhã, Tyler.

Todos concordaram com a cabeça. Ouvi alguém dizer "ã-hã", mas não consegui identificar quem. Observei que havia duas cadeiras vazias, olhei ao redor para ver quem ainda não tinha se sentado à mesa. De repente, Leonora entrou na cozinha com uma expressão bem zangada. Ela estava com um lindo vestido de estampa de onça, com os cabelos soltos, meio selvagens, e com algo no rosto que a deixava um pouco brilhosa. Alguma maquiagem com efeito bronzeado. Ela estaria linda, não fossem suas feições raivosas. Sem falar uma única palavra, sentou-se ao lado de Paolo.

— Leo, o que você vai querer? — perguntou Cindy gentilmente. — Tem tofu e cordeiro.

— O que eu fiz agora? — perguntei baixinho para Aleksi, de canto de boca.

— Espere para ver... — disse ele, enquanto devorava o seu almoço. O que tinha acabado de ler na mente de Leonora?

— Cordeiro — respondeu Leo.

— Deixa que eu pego para você. — Ouvi Estela dizer. Ela havia acabado de entrar na cozinha. Parecia desfilar como uma modelo e estava usando apenas uma grande camiseta azul... *minha*. Ela estava usando a *minha* camiseta. A mesma que eu usara na viagem. Em seu corpo magro fazia as vezes de um vestido. Olhei incrédulo para Aleksi. — Axel, eu peguei a sua camiseta, tudo bem?

Estela serviu dois pratos, se sentou ao lado de Leonora e entregou um para ela. Lokesh e Aleksi se entreolharam e riram discretamente da minha desgraça. Eu estava encrencado. Baixei a cabeça e comecei a comer sem olhar para os lados. O silêncio era constrangedor. Então, Leo resolveu falar.

— Bem que você falou que a praia estava ótima, Paolo. Eu e Axel aproveitamos bastante.

— Não te disse? Um visual incrível! Vocês viram os golfinhos? — perguntou o surfista, sem perceber a verdadeira intenção de Leonora.

— Ainda não vimos. Mas depois vamos nadar no mar para tentar vê-los, não é Axel? — perguntou ela olhando para mim. Me limitei a concordar com a cabeça.

— A noite a praia também é linda, Leo — retrucou Estela. — Eu e Axel ficamos admirando o céu que estava completamente estrelado, não é mesmo Axel?

Leonora me olhou e eu comecei a ficar inquieto na cadeira, desejando estar em outro lugar bem longe dali.

— Puxa Axel, você tem estado bastante ocupado — ironizou Aleksi.

— É por isso que ele não tem mais tempo para nós dois — completou Lokesh.

— Eu te disse que ele não estava nem um pouco interessado na nossa companhia. — Aleksi e Lokesh conseguiram quebrar o gelo com suas piadas, deixando o clima um pouco mais descontraído. Ou menos tenso. — Acho que devíamos fazer um brinde — sugeriu o finlandês.

Todos brindamos. Agradeci a Aleksi por ter me tirado daquela situação, mentalmente.

— Sua comida é deliciosa, Camélia. Onde você aprendeu a cozinhar? — Quis saber Samantha.

— Minha avó era chinesa e ela me ensinou algumas de suas receitas tradicionais. Quando fiz dezoito anos, fui morar sozinha na Inglaterra para estudar e tive de aprender um pouco sobre culinária ocidental. Mas minha especialidade mesmo são os chás...

— Chás?! — indagou Gaia.

— Meus pais têm uma fábrica de chá, além de outros negócios em Cingapura. E eu gosto de estudar sobre fitoterapia chinesa — respondeu Camélia com seu jeito calmo e bastante inexpressivo.

— Demais! — exclamou a menina de cabelos coloridos. — A única coisa que sei fazer é colocar cereal na tigela e jogar o leite por cima.

— Esperem para ver a sobremesa de Tyler — disse Camélia — Ele sim é um talento na cozinha!

— É mesmo — concordou Cindy em voz baixa.

— Não é para tanto, meninas — falou T.J.

— E qual é a sobremesa? — perguntou Sam.

— Torta de pecan.

— *Uau!* — exclamou Gaia. Ela e Samantha deram gritinhos de felicidade.

— Mal posso esperar...! — comentou Samantha. — Minha mãe só faz torta no dia de Ação de Graças, o resto do ano se eu quiser comer torta tenho de ir até a cidade comprar.

— Nunca pensou em preparar uma torta você mesma? — questionou Aleksi.

— Não! Não levo o menor jeito para cozinhar.

Samantha e Gaia falavam pelos cotovelos. Sam contava com detalhes como era a sua vida no Arizona e Gaia não parava de fazer perguntas, queria saber tudo sobre todos. Aleksi observava atentamente cada resposta dada, provavelmente, tentando ler a mente das pessoas e ora ou outra falava alguma bobagem para disfarçar. Vi, de canto de olho, que Lokesh e Leonora conversavam animadamente. Ouvi o indiano dizer que era ator — algo que eu não sabia —, deixando-a bastante entusiasmada. Paolo também estava animado, a todo instante falava o quanto aquele lugar era fantástico e como a natureza lhe fazia bem. Embora grande parte do que ele dizia eu não conseguia entender. Observei Tyler e Cindy sentados lado a lado, e toda vez que T.J. se aproximava de Cindy para falar alguma coisa, ela ruborizava. Era bonito de ver tamanha sintonia. Vincent e Camélia eram os mais reservados, falavam pouco, apenas respondiam o que lhes fosse perguntado, sem delongas.

Estela e eu permanecemos o tempo todo no mais absoluto silêncio. Ninguém nos perguntava nada e nós não fazíamos perguntas. Me esforçava para não olhar em sua direção, sabia que estava me observando. Entre uma garfada e outra, meus olhos encontravam os seus, ela estava linda usando minha camiseta azul. Cindy e Tyler levantaram-se para pegar a torta de nozes pecan e alguns pratinhos de sobremesa. T.J. serviu uma fatia para cada um.

— Tyler, meu amigo, onde você aprendeu a fazer essa torta dos deuses? — perguntou Aleksi.

— Na *internet* — respondeu ele. Era óbvio o talento que Tyler tinha para a gastronomia.

Depois de me deleitar com uma enorme fatia de torta e *chantilly*, levantei da cadeira completamente satisfeito.

— Eu, Aleksi e Lokesh vamos ficar com a louça suja — garanti.

— Vamos? — perguntou Lokesh num tom preguiçoso.

— Vamos! — exclamei. Os dois se levantaram meio a contragosto e começaram a recolher os pratos que estavam em cima da mesa.

— Não precisa de três pessoas para isso. — Lokesh continuava reclamando.

— Deixe de ser molenga! Afinal de contas, todos devem contribuir para o bom funcionamento da casa — sugeri. — Assim fica mais rápido.

— Em outras palavras, ele quer falar alguma coisa — disse Aleksi.

— Podíamos ter ido conversar lá fora — resmungou Lokesh, enquanto ajudava a colocar os pratos na lava-louças.

— Acho que ele está querendo fugir de encrenca.

— É basicamente isso — concordei. — Não sei se mando ela tirar a camiseta...

— Não sei, não. Estela pode ficar bem chateada. Mas, por outro lado, se você deixá-la usar suas roupas sem reclamar, Leonora que ficará chateada. Sua situação é um pouco complicada — analisou o indiano.

— Acho que você devia deixar, uma hora ela devolve... Imagina se você pede de volta e ela tira na sua frente para devolver — disse o finlandês, maliciosamente.

No mesmo instante, minha mente desenhou aquela

cena. Imaginei Estela tirando a minha camiseta e revelando seu corpo desnudo para mim. Aquilo não seria nada mal.

— Será que ela pegou a camiseta para chamar a sua atenção? Ou será que foi para provocar Leonora? — Quis saber Lokesh.

— Talvez um pouco de cada — disse Aleksi.

— Valeu por vocês me ajudarem, rapazes. Eu estava vendo a hora de uma jogar comida na outra.

— Amigos são para essas coisas... Para tirar de *enrascada* — declarou Lokesh. Quase não entendi que ele quis dizer "enrascada", às vezes seu sotaque era bem forte.

Enquanto arrumávamos a cozinha, conversamos sobre os mais diversos assuntos: a festa do dia anterior; o que faríamos nos próximos dias; quais filmes iríamos assistir no cinema; as próximas partidas de videogame — o assunto preferido de Aleksi —, entre outras coisas. Coisas sem importância. Não demorou muito e a lava-louças acendeu uma luzinha verde indicando que já havia terminado. Então, começamos a guardar as louças no armário.

— Que dilema terrível... Estela ou Leonora? — brincou Lokesh. — Eu não sei em qual das duas votaria. Muito difícil.

— Eu votaria na Leonora, eles parecem almas gêmeas — opinou Aleksi.

— Almas gêmeas? — questionei. — Você só pode estar de *sacanagem*!

— Além do mais... Eu gostaria de ter uma chance com aquela deusa marroquina, se você não se importar, claro.

— Imagina se ela ia querer alguma coisa com você — ironizei. — Pelo menos não depois de me conhecer.

— Ah, pare com isso, McRoy — pediu Lokesh. — Talvez o rapaz tenha alguma chance. Talvez Estela curta uma *vibe* meio Conde Drácula e se interesse pelo nosso amigo magricela e apático.

— Ah! Ah! Ah! Muito engraçado. — Aleksi colocou a mão na barriga, como se estivesse com dor de tanto rir. —

Vocês não precisam ter ciúmes, meus amigos... Tem Aleksi para todos.

— Falando sobre ciúmes... E quanto a Gaia? Você desistiu dela? — perguntei.

— Deixe ela para lá! — respondeu ele, enquanto colocava um copo no armário.

— *Are baba!* Não acredito, Aleksi! — Lokesh ficou indignado com o que acabara de ouvir. — Nós tínhamos um plano!

— Você passou a festa toda com a Sam, cara. Não tenho culpa se não conseguiu nenhum beijinho.

— Eu prefiro ir com calma... Você levou uns sopapos, Axel está encrencado com duas garotas — analisou Lokesh. — Isso não teria acontecido se vocês fossem mais cautelosos. Como diria Gandhi: "Um homem não pode fazer o certo numa área da vida, enquanto está ocupado em fazer o errado em outra. A vida é um todo indivisível."

Ouvimos aplausos vindo da porta. Sam entrou na cozinha e pegou mais um pedaço de torta. Era difícil entender como aquela ruivinha comia tanto, não devia pesar nem cinquenta quilos.

— Sábias palavras, Lokesh.

— Mahatma Gandhi — disse ele. Os dois trocaram um olhar carinhoso.

Pelo jeito tinha muito o que aprender com os indianos. Estava fazendo *tudo* errado em *todas* as áreas da minha vida. Nem conseguia imaginar como ia sair daquela situação.

Assim que terminamos de arrumar toda a bagunça na cozinha, os rapazes foram para a área externa da casa e eu fui para o quarto. Depois de uma manhã agitada e um almoço digno de um rei, tudo que eu precisava era de um bom descanso. A companhia dos rapazes era ótima, mas aquela paz veio a calhar. Me joguei na cama e tirei um cochilo merecido.

Não tinha dado nem vinte e quatro horas que estávamos ali, mas muita coisa louca já havia acontecido. Será que eu aguentaria um ano naquele lugar? Será que eu conseguiria conviver com aquelas pessoas? Eu estava feliz, mas não conseguia deixar de me preocupar com o futuro que estaria por vir. Nem com os possíveis problemas que poderia causar.

Dormi por quase três horas e acordei sem saber onde estava, meio desorientado. O quarto estava escuro e com uma temperatura agradável. Não conseguia me lembrar de ter fechado as cortinas, nem ligado o ar condicionado. Imaginei que algum dos rapazes tivesse feito essa gentileza. Desci até a sala e vi Aleksi e Lokesh sentados no sofá.

— Rapaz, sua cara está toda amassada — comentou Lokesh. — Você dormiu bastante.

Camélia e Estela passaram por nós três e foram até a cozinha. Quando voltaram, um minuto depois, cada uma estava com uma *squeeze* na mão. Em silêncio, foram para a área externa.

— É melhor irmos para academia — sugeriu Aleksi. Os dois saíram rapidamente da sala. Eu, ainda sonolento, fiquei para trás; caminhando bem devagar.

A academia era imensa e bem equipada, com espelhos por toda volta. Tinha os mais modernos e sofisticados aparelhos: esteiras ergométricas, elípticos magnéticos, halteres, barras, anilhas... Além de diversas TV's espalhadas por todo lado e algumas caixas de som acústicas. Estava tocando uma música animada. Não tinha ninguém ali. Camélia e Estela deviam estar fazendo alguma atividade ao ar livre. Então, fomos os três correr na esteira. Claro que Aleksi não aguentou mais do que dez minutos, aquele finlandês era mesmo sedentário. Lokesh me surpreendeu bastante, a resistência física do indiano era maior do que eu imaginara.

— Mereço uma piscina depois disso — falou Aleksi ofegante, apontando para a esteira.

— É melhor ir de uma vez, daqui a pouco o sol se põe — disse Lokesh, enquanto diminuía a velocidade da esteira.

— Não... Prefiro quando está frio e ventando.

— Dá para perceber! — brinquei. — Mas me diga...

Você conseguiu ler as mentes alheias?

— Não. Nada. — Ele respondeu num tom decepcionado. — Preciso aperfeiçoar meu superpoder! — Nós três rimos. — Mas uma coisa eu consegui "pescar".

— O quê? — perguntei.

— Um pensamento de Estela.

— Você só pode estar de sacanagem!! Por que não me contou antes?

— Ah... Sei lá! Você me mandou lavar a louça.

— O que ela pensou? Fale de uma vez!

— Ela ficou pensando: por que ele não olha para mim?

— É, eu tentei evitar. Não queria mais problemas. Preferi prestar atenção em Tyler e Cindy. E até em Paolo! — caçoei.

— Você não conseguiu nenhuma outra informação? — perguntou Lokesh. Ele desligou a esteira e começou a fazer supino.

— Gaia... — Aleksi pareceu hesitante.

— O que tem ela? — perguntei.

— Tenho certeza que ela é "bipolar".

— Por que você acha isso?

— É estranho explicar. É como se a memória dela fosse cheia de buracos. Tentei não ser invasivo. Não com ela. Mas seus pensamentos gritavam, como se pedissem para serem lidos.

— Ah, sim... Eles "pediam" — ironizou Lokesh. — Aleksi, me leia! Me leia! Por favooor! — falou com uma voz fininha, enquanto descansava entre uma série e outra. Caímos na gargalhada. — Tem certeza que não estava curioso para saber a opinião dela sobre você?

— Me deixe em paz — resmungou Aleksi. — O assunto é sério!

— Cala a boca, Lokesh! Deixe-o falar! — vociferei.

— Vocês estão muito sensíveis... Os dois! — opinou o

indiano.

— Você não está levando a sério porque não tem nenhum superpoder — zombou Aleksi. Lokesh franziu a testa e xingou algo em sua língua.

— Tem uma mente que quero muito tentar ler...

— De quem? — perguntei.

— Drake.

— *Drake?* Por quê?

— Porque ele conhece bem o senhor Montego, conhece Margaret, conhece a ilha... Ele é o sabe-tudo!

— Podemos chamá-lo para jogar uma partida de videogame — sugeriu Lokesh.

— Isso! Podemos fazer um campeonato — completou Aleksi.

— Eu convido a Sam, você convida...

— Não! — interrompi. — Não vamos envolver as garotas nisso.

— Um campeonato de videogame. Só para os rapazes — concordou o finlandês.

— Beleza! Vamos falar com os outros — disse eu.

— Deixa que eu aviso os outros, isso aqui não é lugar para mim. — Aleksi saiu da academia. Eu e Lokesh continuamos a nos exercitar. Entre um peso e outro perguntei:

— Você gosta mesmo da Sam?

— Sam é uma garota muito inteligente — respondeu ele. — Às vezes acho que sabe mais sobre a Índia do que eu. Ela sabe de tudo um pouco... E de muita coisa ela sabe tudo.

— Ela é mesmo esperta! E tem muita personalidade.

— É bom estar em sua companhia... Conversamos bastante sobre todas as coisas... Mas, como eu já disse, prefiro ir com calma.

— Melhor ir com calma. Embora eu não tenha feito o mesmo.

— Tem muita coisa acontecendo. Muita novidade, não é?

— É verdade — concordei. — Mas você não sente que esse é o seu lugar? Quero dizer, você não acha que esse lugar é especial? E, talvez nós também sejamos? De alguma forma, foi assim que sempre me senti — especial.

— Especial como?

— Como se algo surpreendente fosse acontecer na minha vida, sabe?

— Sei, mas...

— Como se eu fosse predestinado ao sucesso. Como se eu fosse um escolhido.

— Mas acho que isso é um sentimento natural. — Lokesh pensou por um instante e concluiu. — Imagino que todas as pessoas se sintam assim... *especiais.*

— Não, cara. Nós somos especiais de verdade — afirmei. Dentro de mim, sempre tive essa certeza.

Tyler apareceu na academia, parecia preparado para uma maratona. Estava com roupas de ginástica, uma *squeeze* na mão e fones de ouvidos.

— Olhe quem está aqui! — comentou Lokesh. T.J. retirou os fones do ouvido e se posicionou na esteira.

— Até que enfim saiu do lado de Cindy! — amolei. Tyler sorriu meio sem jeito e começou a correr.

— Estamos nos conhecendo... — alegou ele. — Mas me diga, McRoy. O que foi aquilo na cozinha? — perguntou T.J.

— Para ser sincero, nem eu sei.

— Ninguém sabe o que foi aquilo! — exclamou o indiano. Nós rimos e continuamos a nos exercitar, em silêncio.

Era bom ficar com meus pensamentos. Havia muita coisa para eu tentar entender. Repassei mentalmente tudo que tinha acontecido nos últimos dias:

Lily apareceu na noite do meu aniversário. Eu tinha bebido tanto que, no dia seguinte, mal me lembrava daquela linda mulher. Pelo jeito ela já estava me procurando. Depois, inesperadamente, reapareceu no dia do incêndio. No dia que me tornei o herói da cidade. Deve ter sido proposital, estratégico. Aquele momento de glória, em que eu recebia aplausos e apertos de mão, parecia propício para me fazer uma ótima oferta de emprego, com a promessa de ter muito mais daquele sucesso. Ficou fácil me convencer. Talvez, até tenha tentado no primeiro momento, não consigo me lembrar, a amnésia alcoólica apagou tudo da minha memória. Mas, se de fato isso aconteceu, é provável que eu tenha dito não.

Uma conclusão: no dia do meu aniversário tudo começou a mudar. Eu precisava me lembrar de mais alguma coisa desde aquele dia. Então, continuei puxando pela memória:

Um milhão de dólares era uma oferta irrecusável. Acho que todos estavam ali por esse motivo — o dinheiro. Mas aquilo não fazia o menor sentido! Devia ter uma porção de gente que aceitaria passar um ano naquela ilha por muito menos dinheiro. Muitos até pagariam verdadeiras fortunas para estarem ali. Claro que era para ser assim, exatamente desse jeito. Nós fomos escolhidos. Talvez até predestinados. Cada um de nós tinha um dom especial, ainda que alguns não soubessem disso. Provavelmente, Leonora conhecia o seu muito bem. Ela não se mostrou nem um pouco espantada quando me viu segurar o fogo. Não disse nada sobre o assunto... pelo jeito, ela sempre soube de tudo.

SOL EM FÚRIA 15

Depois de quase uma hora de exercícios, resolvi deixar Lokesh e Tyler na academia e fui até a praia dar uma espairecida. Meus pensamentos estavam me consumindo, tirando a minha paz. Uma sensação de ansiedade invadia meu peito. Eu tinha acabado de me exercitar e ainda assim não conseguia relaxar. Respirei fundo algumas vezes.

O sol acabara de se pôr e era possível sentir uma brisa fresca vinda do mar, trazendo consigo um agradável cheiro de verão. No mesmo instante, surgiu em minha mente uma inesperada memória olfativa:

No verão de 2010, minha mãe fora me visitar em Nova Iorque, pela primeira vez. Meu pai alugara uma casa em Montauk, *por uma semana; fazia um calor escaldante na época. Mais tarde eu soube que aquela havia sido uma tentativa de reconciliação que não deu certo e logo depois minha mãe se casou com o irlandês. Embora a tentativa de reatar o casamento tenha sido em vão, aquele verão marcou a minha vida. Todos os dias nós três acordávamos cedo e íamos para a praia carregando cadeiras de alumínio reclinável, uma frasqueira com sanduíches de atum e refrigerantes e um guarda sol à tiracolo. Depois, almoçávamos em algum restaurante à beira mar e à tardinha íamos no farol ver o pôr do sol. Ficávamos ali até o anoitecer, sentindo a brisa fresca do mar. O cheiro era exatamente o mesmo.*

Apesar do belo cenário e da boa lembrança — algo raríssimo de acontecer, já que minha adolescência havia sido bastante conturbada, com muita desordem emocional e incontáveis ataques de fúria —, não conseguia me sentir tranquilo. Meus batimentos cardíacos estavam acelerados, mais do que quando corri na esteira.

As tentativas de Aleksi de ler a mente dos outros não tinham sido bem-sucedidas; ele não conseguiu descobrir nenhum "superpoder" entre os outros, nenhum pensamento suspeito, nada. A ideia agora era tentar ler a mente de Drake. O plano era o seguinte: manter as meninas longe para que elas não nos distraíssem e convidar o garoto para um campeonato de videogame. Tinha esperança que Aleksi descobrisse o real motivo de estarmos ali.

Voltei para a mansão e avistei Camélia no jardim, ela parecia menos séria em meio às flores, estava usando um conjunto de malha branco, leve e aparentemente confortável, e, pela primeira vez, seus cabelos estavam soltos — tinha um comprimento médio, era liso e bem sedoso. Ela me encarou brevemente, percebi que seus olhos ganharam uma cor ainda mais intensa, com todo aquele colorido entre os refletores.

— Você pode me ajudar? — perguntou ela. Vi que estava com uma tesoura de poda na mão, muito mais refinada do que as que eu já tinha visto nos meus tempos de criança no Arkansas, quando eu ajudava o meu pai com grama do quintal e a minha mãe com a jardinagem, a fim de faturar alguns trocados.

— Como posso ajudar? — perguntei, me aproximando da garota. O cheiro de todas aquelas misturas de ervas e flores era extremamente enjoativo.

— Você pode começar falando com Estela... — disse ela, sem tirar os olhos das plantinhas que estava cortando. — E resolver o que tiver de ser resolvido. Talvez até se desculpar.

Por um momento, pensei estar ouvindo minha mãe falar. Aquilo era sério?

— Huh? Não entendi...

— Acho que você entendeu muito bem.

Aquela garota petulante e que eu mal conhecia estava mesmo me dizendo o que fazer? Eu não costumava me desculpar nem por conta própria, não seria ela que me mandaria fazer isso. Não mesmo!

— Certo, eu entendi. E você também precisa entender uma coisa: esse assunto não é da sua conta. Você não manda em mim! Eu faço o que eu quiser — falei rispidamente. Eu estava cheio de problemas e a última coisa que queria era obedecer às ordens de alguém. Tampouco ia perder meu tempo ouvindo as baboseiras que Estela tinha para dizer. — Eu não tenho nenhum problema com a sua amiga, se ela tiver algum problema comigo ela que venha resolver. — Camélia apenas me lançou mais um dos seus olhares sem emoção e saiu.

O sangue me subiu à cabeça, deveria ter falado umas poucas e boas para aquela garota insuportável. Eu não tinha porquê me desculpar com Estela, foi ela que desfilou pela casa usando a minha camiseta, sem a minha permissão. Eu não iria tolerar esse desaforo, então, fui atrás de Camélia e vomitei as palavras:

— Eu não tenho nenhum motivo para pedir desculpas! É a sua amiga que está agindo como uma louca, ela que deveria se desculpar. — Aleksi apareceu por ali, eu estava falando mais alto do que pretendia.

— Axel, o que está acontecendo? — perguntou ele. Mas eu não respondi. — Não ligue para o que ele diz, Lia. Esse meu amigo americano está muito irritadinho ultimamente, deve ser falta de uma namorada. — Deu uma piscadela para Camélia.

— Namorada?! Essas garotas daqui são completamente desequilibradas...!

— Só não entendo uma coisa, por que elas estão erradas e você não? Todos estão errados e você está certo? Desculpe, mas... não faz sentido! — indagou Camélia pacientemente, o que fez a minha fúria aumentar.

— Você tem algum problema comigo?! — perguntei indo em sua direção. — Me diga! Eu te fiz alguma coisa? Fala, garota! — exclamei em voz alta com o dedo em riste, a dois palmos de distância do seu rosto. Camélia não se moveu e continuou me encarando com seu olhar resoluto.

— Não vamos brigar, gente. — Aleksi interviu. — Axel é esquentadinho assim mesmo... Deve ser coisa de bombeiro — disse ele, tentando deixar o clima menos tenso. — Mas você é bem evoluída... Deixe para lá!

Camélia deu de ombros e continuou sua tarefa como se nada tivesse acontecido, como se nós nem estivéssemos ali. Entrei pela cozinha furioso e comecei a procurar algo para comer. Podia sentir meu corpo todo tremer de raiva, parecia que ia explodir. Aleksi veio atrás de mim.

— Brigar com ela não seria nada sensato, Axel. Ela não te fez nada.

— E o que você tem com isso?!

— Se for sobrar para mim é melhor que eu saia daqui... Não quero brigar com você. — Aleksi pegou um pote de sorvete de chocolate e duas colheres. — Cara, esse lugar é muito quente. Esfrie a cabeça — disse ele, entregando-me uma das colheres.

— Ela queria que eu me desculpasse com a Estela. *Que petulância!*

— Esquece isso — pediu ele. Então, parou por um instante e ficou me observando. Se eu não soubesse que ele estava tentando ler minha mente, diria que estava me analisando.

— Sai da minha cabeça, Aleksi — falei em voz alta.

— Shhh... Você quer mesmo que todo mundo ouça? Eu só estava tentando ver qual é o seu problema, cara. Deixe de ser louco! — Olhei para ele furioso, pronto para xingá-lo. Mas, antes que eu fizesse isso, ele se desculpou: — Tudo bem! Tudo bem! Estou só brincando!

— Não é hora para brincadeiras.

— Eu sei que você está ansioso para saber o que Leonora pensa sobre você. Então, por que não pergunta para ela?

— Você está falando bobagem!

— *Okay*. Eu desisto. — Ele se levantou e pegou o pote de sorvete. — Você está muito rabugento, McRoy. Já avisei a todos sobre nosso campeonato de videogame, inclusive ao Drake. Vai começar daqui a uma hora. — E saiu.

Sabia exatamente o que estava acontecendo comigo naquele momento. Uma descarga de adrenalina passava pelo meu corpo, meu coração acelerou, comecei a tremer e a suar. Já conhecia todos esses sintomas, que sempre surgiam quando eu não conseguia me controlar. Estava sozinho na cozinha. Vi meu reflexo nos aparelhos cromados da Ophiuchus e encarei a mim mesmo. Podia ver, através da geladeira de última geração, que aquele olhar era de pura raiva. Pequei um copo de água com a mão ainda trêmula e dei duas goladas tentando me acalmar, em vão. A última vez que me senti assim foi no dia do meu aniversário, quando voltei para o Arkansas. Tive uma ligeira lembrança da briga daquele dia. Sem ver nenhum rosto.

— Axel! — Lokesh apareceu do meu lado. — Você está bem?!

— Por que não estaria?

— O copo…

Olhei para minha mão e vi que o copo estava quebrado. Eu estava sangrando bastante. Tyler apareceu por detrás de Lokesh.

— O que aconteceu, cara? — perguntou ele, olhando para a minha mão toda ensanguentada. — Você deve ter apertado com muita força. Lokesh, pegue a maleta de primeiros socorros, acho que está no armário do banheiro.

— Sim. — Apressou-se o indiano.

— Pode deixar que eu cuido disso.

— Não precisa.

— Fez um corte profundo — analisou T.J. — É melhor lavar.

Camélia apareceu na cozinha segurando a cesta com as hortaliças. Ela ficou parada tentando entender o que estava acontecendo. Então, se aproximou e pegou a minha mão para ver o ferimento.

— É melhor chamar o Vincent — disse a garota.

— Não quero! Eu não preciso de ajuda. De nenhum dos dois!

Camélia deu de ombros e saiu da cozinha.

— Não precisava falar assim, cara.

— Por causa dela que aconteceu isso!

Tyler me olhou intrigado, parecia não acreditar no que eu havia dito. Lokesh voltou segurando uma maleta vermelha nas mãos. Leonora estava com ele.

— Maleta de primeiros socorros — falou o indiano, entregando-a para Tyler.

— Você a trouxe também?! — perguntei com raiva.

Não queria que ela me visse daquela maneira — sangrando e vulnerável.

— Não fale como se eu não estivesse aqui — esbravejou Leonora. Mas com o semblante preocupado.

— Obrigado T.J., pode deixar que eu me viro daqui. — Peguei a maleta com a mão boa.

— Deixe eu ver isso, Axel — pediu Leonora.

— Eu não preciso da sua ajuda. Eu sou um bombeiro! — gritei bastante exaltado, enquanto me afastava de todos. Subi as escadas enfurecido. *Quem eles pensam que são para me tratarem como um tolo?* Entrei no meu quarto com a cabeça martelando e fui até o banheiro lavar a minha mão machucada. Em poucos minutos o sangue parou de escorrer. Voltei para a cama, onde havia deixado o *kit* de primeiros socorros. Enquanto eu tentava me concentrar em fazer um curativo, ouvi batidas na porta. Era Leonora.

— Axel! Axel!

— Estou ocupado.

— Deixa eu te ajudar.

— Sai daqui!

— Quer abrir essa porta, Axel? — Leo começou a bater na porta do quarto, sem parar. — Só quero te ajudar... Ajudar com os cortes na mão.

Ela insistia para entrar. Não parava de bater e de chamar meu nome, que soava tão bem com a sua voz. Sabia que não iria desistir, então, fui até a porta e a abri. Fiquei alguns segundos de pé na sua frente, encarando-a. Leo estava mais linda do que nunca, talvez pelo fato de, agora, eu conhecer o gosto dos seus lábios.

— Me diga... O que uma *Miss* sabe sobre fazer curativos? Ah, sim... talvez uma maquiagem para esconder a ferida! — ironizei.

Mais uma vez vi meu rosto virar para o lado com muita rapidez, ela havia acabado de me dar outro tapa na cara. Impetuosamente, segurei o seu braço com a minha mão boa e a aproximei de mim.

— Você não devia ter feito isso!

— Eu não tenho medo de você, McRoy. Aliás, você que deveria tomar muito cuidado! — ameaçou ela, sem recuar um milímetro, seus olhos continham tanta fúria quanto os meus.

— Você não viu o que eu fiz hoje? — indaguei. Embora ela não tivesse demonstrado qualquer reação, sabia que tinha ficado assustada quando me viu segurar o fogo. — Sei que ficou assustada. E deveria ficar mesmo.

Então, sem eu menos esperar, Leonora virou a cabeça para trás às gargalhadas. E, no minuto seguinte, ficou séria novamente.

— Você acha que eu fiquei assustada porque ainda não viu o que eu sou capaz de fazer.

— Então me mostre.

Leonora me encarou com seu olhar desafiador. Segurei seus braços tentando fazê-la falar alguma coisa, ela se desvencilhou de mim e me puxou para dentro do quarto.

Utilizando de suas unhas — que podiam ser facilmente confundidas com garras — retirou a minha pulseira de ouro com muita habilidade e a levou até o sensor fazendo a porta se fechar; então, respirou fundo e me encarou. Eu não fazia ideia do que estava passando na sua cabeça — naquele instante, o poder de ler mente viria a calhar —, embora tenha tido uma ligeira impressão de que estava prestes a descobrir o seu segredo. Leonora se aproximou de mim bastante determinada.

— Deixe-me ver a sua mão! — ordenou ela, como se tivesse alguma autoridade sobre mim.

— Não! Ou você me mostra o que tiver de mostrar ou vá embora!

— Eu vou embora depois que você...

— Saia! — interrompi. Sabia que ficaríamos naquele impasse o resto do dia. Ela não iria ceder, tampouco eu. Puxei seu braço para levá-la para fora do quarto e, para minha surpresa, ela não tentou usar de brutalidade para se afastar. Usou uma arma muito mais eficiente: seu charme.

— É assim que você trata uma linda mulher que vem ao seu quarto, Axel? — disse ela. Senti um misto de sarcasmo e sensualidade em sua voz.

— Não estou vendo nenhuma mulher aqui... Apenas uma menina mimada! Vá embora! Preciso fazer um curativo.

Estava perdendo a pouca paciência que ainda me restava. Só desejava me livrar de Leonora o mais rápido possível, ela já havia me causado problemas demais. Minha cabeça estava a mil, com um turbilhão de pensamentos. Eu estava exausto, com uma raiva quase incontrolável, sabia que, daquele ponto em diante, seria capaz de tirá-la do meu quarto à força, se fosse necessário.

— Mas eu vim aqui justamente por isso... Para te ajudar.

— Eu não preciso de ajuda! Será que é tão difícil você entender isso? — Puxei Leonora pelo braço rumo a porta do quarto. Minha cabeça estava estourando e eu queria ficar sozinho.

— Ai... Pare, Axel! Dessa maneira você vai quebrar as

minhas unhas! — resmungou ela. — Deixe-me explicar...

Leonora guardou a minha pulseira no decote do seu vestido de estampa de onça, entre seus seios. Uma risada brotou no meu rosto, em meio a sua ardilosa manobra, deixando as minhas feições mais suaves. Ela sorriu triunfante.

— Diga Leo, você não ficou apavorada quando me viu segurando o fogo? — perguntei a fim de intimidá-la.

— É, digamos que foi... *interessante* — desdenhou ela. Então olhou para trás, para se certificar que a porta estava fechada.

— O que foi?

— Você não consegue sentir o fogo, não é isso? — perguntou seriamente.

— Isso! E daí?

— E daí que... Esse não seria o sonho de todo bombeiro?!

— O quê?! Vá direto ao ponto, Leo!

— Bom, estou perguntando porque talvez fosse um tipo de truque...

— Do que está falando? Você viu com seus próprios olhos... E para que eu faria um *truque*? — questionei, completamente indignado. — Pode ir, Leonora. Não estou mais interessado no assunto.

— Calma! Eu só achei que... Achei que você pudesse ter feito aquilo para chamar a minha atenção. Talvez você já soubesse sobre mim.

— O que eu saberia sobre você?

— Agora não importa mais.

— Claro que importa!

Leonora ficou me olhando como se tivesse tanto para falar. Soltou seus lindos cabelos dourados, retirou os sapatos com delicadeza e se aconchegou na minha cama.

— Deite aqui ao meu lado — pediu ela, alisando o colchão.

— Estou bem aqui — menti. Vê-la daquela maneira na

minha cama me deixava ainda mais perturbado.

— Eu só falo se você estiver aqui ao meu lado.

— Fale de uma vez!

— Se eu pedisse para ficar longe de mim você deitaria aqui ao meu lado? — disse em tom de brincadeira. Contudo, me mantive sério. Não estava no meu melhor momento. — Bom, eu passei por alguns problemas antes de vir para cá.

— Você já me contou.

— É...

— Fale de uma vez o que você tem para falar. Eu quero ficar sozinho no meu quarto.

Leonora baixou a cabeça e ficou contemplando suas próprias mãos.

— Eu... — Sua voz embargou, ela fez uma breve pausa e continuou — Eu estava conversando com Gaia e Samantha mais cedo. Elas me contaram algumas coisas. Bem, não sei se acredito em tudo que disseram. Mas até que algumas coisas fariam sentido.

Sabia que o meu limite de tolerância estava chegando ao fim. Eu estava pronto para levá-la para fora do quarto de qualquer maneira... Então, aqueles olhos cor de âmbar encontraram os meus. Ela se levantou com elegância e segurou a minha mão boa, da mesma maneira que tinha feito na piscina. O que ela queria me mostrar com aquilo? Ficamos parados por um instante, em silêncio. Nada aconteceu.

— O que foi agora? — perguntei. Ela sorria animada. Um sorriso verossímil. Fiquei bastante curioso com o seu comportamento, mas tentei não demonstrar. — O que foi?

— Às vezes acho que você foi feito para mim — respondeu com seu sorriso convencido. — Vou deixar você sozinho.

Não acreditei no que acabara de ouvir: "você foi feito para mim". Será que era disso que Aleksi estava falando quando sugeriu que eu perguntasse para ela o que pensava a meu respeito? Senti um misto de entusiasmo e desconfiança. Tentei me conter, não queria deixar minhas emoções transparecerem.

— Isso! Vá de uma vez! — Por mais rude que tivesse sido, Leo pareceu não ter se importado, como se estivesse feliz demais para isso.

— Você fica tão bonito irritado — brincou.

— Não estou com humor para joguinhos... Saia!

— Quero ver você me tirar daqui — Leonora sentou novamente na cama, me desafiando. Naquele instante, toda a minha paciência se esgotou. O meu limite de tolerância havia chegado ao fim. Puxei Leonora da cama, que rapidamente ficou de pé na minha frente com um olhar selvagem no rosto. — Me solte, Axel!

— Não, não vou soltá-la. Vou levar você para fora do meu quarto! Estou cansado dos seus caprichos... estou cheio dos seus joguinhos!

— Talvez você esteja interessando em outros joguinhos... — disse ela olhando em direção a porta.

— E se eu estiver?

Ouvi uma voz vinda da porta e soltei Leonora. Olhei para trás e vi Estela parada na porta. Ela ainda usava a minha camiseta, estava com uma pulseira dourada e um remédio em uma mão e um copo d'agua na outra. Estela entrou no quarto.

— Lokesh me avisou que você tinha se machucado... Ele me emprestou a pulseira para eu trazer um remédio... — falou a garota árabe, olhando ora para mim, ora para Leonora.

— Obrigada. Eu ia mesmo pegar um remédio para o Axel, fico feliz que tenha me poupado o trabalho. — Leonora caminhou elegantemente até Estela esperando que ela lhe desse o copo e o comprimido. Estela olhou para mim sem saber se deveria entregar a ela. Então, resolvi eu mesmo pegar, a fim de evitar um conflito entre as duas.

Leonora se pôs na minha frente e mais que depressa retirou o copo com água das mãos de Estela, então, como por encanto, o copo explodiu. Cacos de vidro voaram para todo o lado. Estela deu um passo para trás bastante assustada. Fiquei pasmo, boquiaberto, sem saber o que pensar. Gaia e Samantha apareceram preocupadas.

— O que aconteceu? — perguntaram em uníssono, sem respostas. Eu e Estela estávamos perplexos e Leonora não disse uma única palavra. As duas analisaram detalhadamente aquele cenário e, assim que entenderam o que havia acontecido, saíram correndo.

— Vocês estão bem? — Eu quis saber.

— Eu estou bem, Axel — disse Estela. — Mas Leonora deve ter se machucado.

Me aproximei de Leonora e peguei na sua mão. Ela parecia envergonhada, mal conseguia olhar para mim. Vi alguns cortes na palma da sua mão, mais superficiais do que os meus. E só conseguia sentir raiva de mim mesmo por ter provocado aquilo.

— O que deu na sua cabeça? — perguntei, enquanto analisava melhor sua palma machucada. Ela permaneceu em silêncio, com os olhos abaixados. Estela espiava por cima do meu ombro, tentando ver melhor o que havia acontecido.

— Ai... Está doendo — reclamou Leo.

— É óbvio que está!

Os vidros mal haviam arranhado a mão de Leonora. Ela parecia estar sentindo mais constrangimento do que dor.

Samantha e Gaia reapareceram. Sam segurava uma vassoura e uma pá, enquanto Gaia trazia uma toalha.

— Estela, você está bem? — perguntou Samantha. Estela fez que sim com a cabeça. — Não se machucou? — Novamente respondeu com a cabeça, dessa vez dizendo que não.

— Para estancar o sangue — disse Gaia se aproximando de Leo. E, ao lhe entregar a toalha, a garota do cabelo colorido deu um grito.

— O que foi? — perguntei. Gaia se afastou abanando a mão e sem dizer uma única palavra. Pedi que as três saíssem dali. — Deixem a limpeza para depois. Levem Estela lá para baixo. Eu cuido de Leonora.

— Vamos, meninas — disse Sam. As três saíram do quarto. Estela fechou a porta com a pulseira de Lokesh.

Leonora e eu ficamos sozinhos novamente. Pedi que ela se sentasse na cama para que eu lhe fizesse um curativo.

— Não precisa.

— Claro que precisa. Sua mão está sangrando, Leonora.

— Já vai passar...

— Vai, se você me deixar fazer um curativo. Senta aqui de uma vez — Leonora hesitou um pouco, mas preferiu não argumentar mais.

Abri um pacote que estava na maleta de primeiros socorros, retirei um par de luvas de látex e as coloquei. Então, joguei um pouco de soro fisiológico para limpar o sangue na mão de Leonora e vi que realmente não tinha sido nada grave. Retirei os pedacinhos de vidro que estavam cravados na sua palma com a ajuda de uma pinça. Depois, limpei os cortes com um antisséptico, apliquei uma fina camada de pomada antibacteriana, coloquei uma gaze por cima e enrolei uma com uma atadura, finalizando com um esparadrapo para segurar o curativo. Retirei as luvas das mãos e vi que uma delas estava um pouco suja de sangue, por causa dos meus cortes. Mas isso já não tinha importância.

— Desculpa — sussurrou ela.

— Que merda foi essa que acabou de acontecer aqui? O copo explodindo, Gaia gritando...

— Eu queria ter lhe contado antes...

— Contado o quê?

Leonora se levantou e esticou o seu braço. O mesmo braço da mão enfaixada. E uma coisa surpreendente aconteceu: a atadura começou a derreter e a se desintegrar devagar, até deixar à mostra sua mão praticamente curada. Não havia corte, apenas uma pequena marca como uma leve cicatriz de uma ferida muito antiga.

Mil pensamentos surgiram na minha cabeça. Aquilo era a coisa mais louca que já tinha visto em toda minha vida.

Nem mesmo quando toquei no fogo ou quando Aleksi leu meus pensamentos eu tinha ficado tão estarrecido. Me senti um idiota por ter insistido para fazer um curativo na sua mão.

— É isso? Esse é o seu "superpoder"? Você é capaz de se curar?

— Pense um pouco mais, McRoy. — Abri e fechei a boca, eu não sabia o que dizer. Então, ela continuou. — Eu não queria me aproximar de você. Aliás, não podia me aproximar... Tinha medo de te machucar.

— Você já machucou alguém antes?

— Sim. — Leo baixou a cabeça entristecida. Segurei seu queixo e olhei bem dentro de seus olhos. Me mantive em silêncio, esperando que ela continuasse a falar. Assim ela o fez. — Eu não queria machucar mais ninguém. Mas você não parou de me provocar um só segundo. Ficava por perto o tempo todo.

— E não pense que isso irá mudar! Você não vai se ver livre de mim tão cedo. — Eu já tinha ouvido o suficiente, então, puxei-a para um beijo, mas Leonora se afastou. Seus olhos estavam incrivelmente dourados.

— Me dê sua mão — pediu. Ela encostou sua mão sobre a minha mão machucada, senti um calor intenso. Depois de alguns segundos, pude ver a mesma coisa acontecer comigo. Não havia mais nenhuma ferida ali. Nenhum corte. Nada! Só uma "antiga" cicatriz. Por isso parecia tão familiarizada com os curativos.

Ela sorriu.

— Isso é inacreditável!

— Você não sentiu queimar! — exclamou ela, sorridente.

Naquele momento tudo se descortinou bem diante dos meus olhos. Eu finalmente, entendi todo o fascínio que aquela garota dourada como o sol exercia sobre mim. Entendi porque ela não queria que eu me aproximasse, porque sempre dizia que eu deveria ter cuidado. Entendi também porque disse "é como se você tivesse sido feito para mim". Entendi, principalmente, porque ela sorria.

— Você pega fogo!!

— Isso! Eu pego fogo — revelou.

— Mas você me beijou antes mesmo de saber sobre mim...

— Porque estávamos na piscina... — interrompeu ela. — A água mantém o meu corpo frio.

Fiquei admirando-a por alguns instantes. Aquela era a garota perfeita para mim. Não era nem um pouco frágil, nem tinha medo de me enfrentar, pelo contrário, se mostrou uma adversária à minha altura. Havia uma chama dentro dela. Era dramática, alegre e intensa. Além de, claro, ser linda. No apogeu da minha fúria, conseguiu me domar. Será que um dia eu conseguiria domá-la?

— Sonhando acordado, McRoy? — perguntou, enquanto seus braços rodeavam minha nuca.

— Estou aqui pensando... Quer dizer que eu sou o único homem do planeta que consegue "suportá-la"? — Leonora deu uma baita gargalhada.

— Primeiro e único.

"Primeiro e único". Uma sensação de posse invadiu o meu corpo, agarrei a sua cintura com força e ela arfou em resposta. Então, começou a beijar meu pescoço.

— Se não parar agora, pode não ter mais volta — avisei.

Leo se afastou e um sorriso malicioso brotou em seu rosto. Ela começou a deslizar suas mãos sobre o seu vestido de oncinha e pequenas chamas começaram a surgir, fazendo com que ele desmanchasse em cinzas. Logo estava completamente nua.

— Acho que preciso de um bombeiro.

Puxei Leonora para bem perto de mim e ela me envolveu com suas pernas tomada de desejo. Então, completamente excitado, mergulhei nas suas chamas.

O AMOR ESTÁ NO FOGO 16

Leonora respirava ofegante com a cabeça encostada no meu peito, seus cabelos dourados caiam como cascata pelo meu braço. O clima no quarto continuava quente. Eu estava extasiado, deitado na minha cama com aquela linda garota nua em meus braços, observando toda a destruição que havíamos feito ali — roupas espalhadas pelo chão, móveis fora do lugar, cacos de vidro por todo lado e pedaços de lençol queimados sobre o colchão —, era como voltar aos meus dias de bombeiro e encontrar um apartamento parcialmente destruído depois de um pequeno incêndio. Se bem que, era exatamente isso que tinha acontecido ali. Um pequeno incêndio.

— Conseguimos queimar o lençol — disse Leo, olhando para mim com seus vibrantes olhos âmbares. — Isso nunca tinha acontecido antes... Quer dizer, aconteceu uma única vez e, foi uma *tragédia*!

— Uma tragédia?

— Sim. Eu queimei a minha *lingerie* de seda mais bonita. — falou com tom de frustração.

— Hum? Queimar roupas de dormir é uma tragédia?

— Você não entende nada! — Ela me jogou um

travesseiro no rosto.

— Há quanto tempo você sabe fazer isso tudo?

— O que você quer dizer com "isso tudo"? — brincou. Eu apenas sorri e a puxei, arrancando-lhe um beijo carinhoso. — Um pouco antes de vir para cá. Bom, eu sempre gostei de me bronzear... então, a primeira vez, eu achei que meu corpo estava quente por causa do excesso de sol. — Ela se afastou e me fitou por um breve instante, depois desceu os olhos para o meu torso nu. — É incrível que você não tenha se queimado.

— Não. Eu posso brincar com o fogo!

— Mas, em compensação, está todo arranhado. — Reparei que, de fato, havia um ou outro arranhão em meu corpo. — Me desculpe, eu acabei arranhando você.

— Não tem problema. Se alguém perguntar, eu digo que tenho uma "gatinha" de estimação.

— Eu não sou sua. É bom que isso fique claro. — Ela se sentou bem na minha frente, jogando seus cabelos para trás. — Deixa que eu cuido disso. Se funcionou com os cortes na mão, deve funcionar com meros arranhões de paixão.

— Ah, então quer dizer que você está apaixonada?

— Eu sou uma pessoa apaixonada... Pela vida, McRoy. Pela vida! — Ela sorriu, enquanto encostava sua mão em mim, bem acima de cada um dos arranhões, e em cada um deles permaneceu parada por alguns segundos. Eu sentia o calor intenso, mas não era capaz de me queimar. Ao contrário, aquilo era bem agradável.

— Apaixonada pela vida, é? — Tirei a sua mão do meu peito sem nenhuma delicadeza. Ela colocou de volta e eu tornei a tirar. Mas ela estava obstinada a travar uma batalha, então, segurei seus braços com força.

— Pare, está me machucando... — pediu. Eu soltei na mesma hora. Leonora sorriu com seu semblante convencido e continuou — Não é difícil controlá-lo! — Não acredito que ela me enganou mais uma vez com sua voz melodiosa. Em questão de segundos me coloquei em cima dela prendendo seus braços contra a cama.

— E agora? Será que consegue me controlar? — perguntei.

— Eu estava brincando! Me solte!

— Não.

— Por favor...

— Só depois que disser o que você realmente sente.

— Não vou dizer nada porque você quer que eu diga, direi o que *eu* quiser e quando *eu* quiser. E ainda não é a hora.

Saí de cima dela me jogando para o lado da cama. Ficamos calados. Eu detestava o fato de ser contrariado. Detestava saber que eu não estava no controle. Mas detestava ainda mais quando ela me mandava esperar.

Esperar por alguma coisa era algo devastador para mim. Não suportava viver com o tédio ou a inércia, por isso eu odiava a minha cidade natal e as pessoas enfadonhas que moravam lá. Eu precisava de adrenalina. Precisava senti-la correndo em minhas veias o tempo todo. Por isso eu era um bombeiro. O que eu não entendia era por que com Leonora eu acabava cedendo. Por que eu sempre cedia aos seus encantos? Por ela, eu era capaz de esperar.

— Você está irritado?

— É tão obvio?

— Não precisa ser rude. — Ela me deu um beijo no rosto, então sussurrou no meu ouvido — Às vezes, eu acho que posso gostar de você muito mais do que deveria. — Aquela surpreendente resposta me fez sentir como há muito tempo não me sentia — feliz de verdade. Algumas coisas ainda passavam na minha cabeça, mas sem nenhuma intensidade e, pela primeira vez, não senti vontade de falar nada. Eu só queria aproveitar aquele momento. Suspirei.

Não fazia ideia de quanto tempo tinha passado desde a hora que quebrei o copo na mão até aquele momento. Ouvi a porta se abrir e, imediatamente, puxei a coberta para cobrir Leonora.

— Relaxa, não tem nada aí que eu não veja depois

na sua cabeça — disse Aleksi. Eu o fuzilei com o olhar. — Brincadeirinha!

— É bom que seja!

— Isso aqui está parecendo uma zona de guerra — comparou ele.

— Como vocês conseguiram queimar os lençóis? — perguntou Lokesh, sentando-se na sua cama.

— Dá para os dois saírem daqui?! — pedi eu rispidamente.

— Calma, cara. Só viemos te chamar para descer. — Aleksi pegou um pedaço do vestido queimado de Leonora do chão e ficou analisando-o com o semblante intrigado.

— Não tem problema... Eles podem ficar — disse Leonora, segurando as cobertas na altura dos seios.

— De jeito nenhum! — exclamei. Como ela podia não se importar?

— Eu queimei as nossas roupas, alguém tem que pegar outra para a gente — pediu Leonora.

— Não ouviu, Lokesh? Vá pegar a roupa para a dama — disse Aleksi com seu jeito descontraído.

— Eu quero saber o que aconteceu — resmungou o indiano. — Você disse que queimou as roupas?

— Eles se entenderam... — falou o finlandês. — Vocês se entenderam, não é, Axel?

Olhei para Leonora, ela apenas sorriu para mim com seu irresistível sorriso convencido.

— Mas, o que aconteceu aqui? — insistiu Lokesh.

— Acho que está bem óbvio. Pegue a roupa — pediu Aleksi. Lokesh saiu do quarto reclamando. Ficamos apenas os três. — Quer dizer que você pega fogo?

— Bem... Não é fogo. Não tem nenhuma chama. A minha temperatura sobe e eu posso queimar as coisas e as pessoas — explicou Leonora meio envergonhada.

— Você esquentou o copo até ele explodir? — Aleksi questionou.

— Eu... — Ela parou por um instante. — Você estava lendo a minha mente?

— Na verdade, eu prefiro o ponto de vista do Axel — caçoou ele. Joguei um travesseiro no finlandês a fim de repreendê-lo. Naquele momento, eu estava pensando em tudo que tinha acontecido naquele quarto e não queria que ele "invadisse" a minha mente, queria manter aquelas imagens apenas na minha memória.

— E você já sabe qual é o poder de todos os outros? — perguntou Leo.

— Não — disse ele. — Mas, de algumas pessoas, eu consigo imaginar.

— O da Estela, por exemplo? — Ela quis saber. Eu olhei para Leonora tentando ver a expressão de seu rosto. Como de costume, era de desdém.

— Ciúmes? — questionei.

— Ela quer saber se pode brigar com Estela — falou Aleksi rindo.

— Não vou brigar com ela — afirmou Leo.

Leonora me fitou esperando que eu dissesse alguma coisa.

— Ela está pensando que você fica bem ao lado dela — disse Aleksi. — Que vocês formam um lindo casal.

— Você é bom nisso — elogiou Leonora. Eu, ao contrário, não estava gostando nada daquilo. Aquele finlandês estava muito intrometido, abri a boca para xingá-lo, mas mudei de ideia. Resolvi mandar uma mensagem mentalmente para ele. Na verdade, esse já era meu pensamento há algum tempo. Então, pedi que ele dissesse para Leo que eu gosto muito dela.

— Axel está pensando que o sexo não foi bom. — O rosto de Leonora ficou transtornado em questões de segundos. Ela ficou sem saber o que dizer.

— Não pensei nada disso! — exclamei. — Eu pedi para que ele te dissesse que eu gosto de você. Seu finlandês de uma figa!

Lokesh entrou no quarto segurando algumas roupas.

— Eu peguei esse vestido e...

— Vem Lokesh — interrompeu Aleksi, puxando o indiano. — Coloque essas roupas aqui. — Ele apontou para a poltrona de veludo no canto do quarto. — Vamos deixá-los sozinhos. — E deu uma piscadela para mim. — Não demore! A operação Drake já vai começar.

Não acredito que aquele magricela tinha armado aquela situação constrangedora. Sem falar uma única palavra, levantei para pegar as roupas na poltrona e entreguei o vestido cor de pérola para Leo. Coloquei um par de jeans que Lokesh havia trazido, como não me agradei com nenhuma das camisetas que ele tinha escolhido, decidi ficar sem. Ainda calado, observei a garota dourada colocar seu vestido, também em silêncio. Ela se olhou no espelho e ficou ajeitando ora a sua roupa, ora o seu cabelo.

— Sabe, eu e Aleksi estamos armando um plano...

— Samantha também me explicou essa parte.

— Aleksi vai tentar descobrir alguma coisa.

— Espero que dê certo. Vou ficar aqui em cima com as meninas. — Ela estava prestes a sair do quarto quando minhas mãos foram instintivamente até sua cintura. Puxei-a para bem perto de mim. Leonora me levava ao ponto mais alto de adrenalina e ao mesmo tempo me trazia calma. Ela era única. Ela era perfeita.

— Eu gosto de você. — As palavras simplesmente saíram da minha boca. Leonora não sorriu, pelo contrário, se manteve séria.

— Eu também gosto de você.

Nós dois nos beijamos intensamente.

— Acho que Aleksi consegue se virar sem mim.

— Não mesmo! Você é o líder, tem de ir.

— Eu sou o líder?

— Sim. E é meu também!

— Bom... Deixa eu ver se posso ser seu... — Coloquei a minha mão no queixo como se estivesse fazendo uma reflexão profunda. Ela me deu um tapinha de leve no braço a fim de me repreender. — Claro que eu sou seu!

— Ah, bom!

— Mas, se eu sou seu... Então, você também é minha!

Leonora respirou fundo. Estava pronta para deixar a brincadeira de lado e falar a verdade.

— Eu posso ser, mas... Você vai ter de esperar um pouquinho por isso — revelou ela. Era difícil definir o que havia por detrás daquele olhar selvagem. — Você pode esperar por mim, não pode?

Não sabia exatamente porque deveria esperar. Mas estava disposto a fazer isso por ela. Aliás, naquele instante, vendo aquela linda garota dourada bem na minha frente, completamente vulnerável, tive certeza de que podia sim esperar. Eu poderia esperá-la por uma vida inteira.

— Posso.

Leonora sorriu. Não com o seu habitual sorriso convencido. Ela estava feliz.

ESTRELAS BRILHANTES 17

Logo do corredor, perto da escada central, era possível ouvir o burburinho na sala de jogos. Parecia mesmo um torneio profissional de videogame. Os rapazes conversavam animados sem desviarem os olhos da TV, vibrando com uma perseguição policial naquela tela gigante. Drake e Aleksi eram os jogadores da vez. Vi que o aparador do canto da sala estava abarrotado de petiscos mexicanos: *nachos, quesadillas, burritos,* guacamole… Além de, claro, batatinhas *chips.* Tyler preparou tudo aquilo enquanto eu estava no quarto com Leonora. Me encostei na parede com os braços cruzados e fiquei os observando. O garoto era mesmo muito bom.

Ora ou outra eu dava uma beliscada num daqueles aperitivos deliciosos e muito, muito picantes.

— Olhe só, Axel — chamou Lokesh. — Aleksi está sendo massacrado.

— Não estou sendo massacrado, coisa nenhuma! Perdi apenas uma… é a melhor de três.

— Lamento lhe informar, meu jovem, mas vou ganhar as três — gabou-se Drake.

— Não vai mesmo! Deixa só eu tomar uma cerveja… eu

jogo melhor depois de uma bebida. — Aleksi passou por mim e pôs a mão no meu ombro, seguimos até a cozinha. — E aí, tudo se resolveu lá em cima? — perguntou ele.

— Não faça mais aquilo — pedi.

— "Obrigado, Aleksi, por ser o melhor amigo do mundo. Um amigo tão bom que estou pensando em jogar a Estela em seus braços como forma de agradecimento". — Ele riu. Eu também, meio a contragosto. — Era isso que eu esperava ouvir de você.

— Bom, então... *Obrigado* — falei enquanto pegava duas cervejas na geladeira. Uma para mim e outra para ele.

— Essa comida me deu uma sede! — Ele deu um bom gole na cerveja.

— É tão louco isso...

— É... Sabe, acho que nunca vou conseguir entender essa coisa de se apaixonar e querer ficar grudado o tempo todo.

— Estou falando dos poderes.

— Ah, sim... Bom, isso é uma coisa que eu acho justa e merecida! — afirmou ele em tom de brincadeira. — De qualquer maneira, acho que você precisa mesmo de uma namorada. Se não se comprometer com apenas uma, todas as garotas da casa vão te disputar a tapa.

— Não chegaria a tanto.

— Entre elas não sei, mas provavelmente iam querer te estapear. É o segundo dia aqui e você já tem vários arranhões pelo corpo.

— Mas você também já andou "apanhando" desde que chegou.

Nós dois caímos na gargalhada e começamos a beber a cerveja ali mesmo.

— Gaia, Gaia... — Ele parecia pensar em voz alta. Encostou sua cabeça no armário e por um breve momento perdeu-se em seus pensamentos. Logo eu o trouxe de volta.

— Você viu alguma coisa de errado com Drake?

— Não, nada.

— Talvez ele ainda não tenha... Sei lá... pensado claramente.

— Acho que não. Ele parece ser aquilo mesmo. Só um *geek.*

— *Geek?*

— Como *nerds* que sabem tudo de jogos e tecnologia... Mais ou menos isso.

— Tipo você?

— Não! Engraçadinho!! — Ele franziu o cenho. — Bom, tem pessoas que curtem videogame, assim como eu, mas também têm uma vida social bastante *agitada* — gabou-se ele. — E outros são como o Drake, que só têm os *games* e quadrinhos para se divertir. Pelo menos foi isso que consegui ver em sua mente: jogos, computadores, configurações e... batatinhas!

— Não acredito que não vamos descobrir nada!

— Eu pensei em outra coisa...

— Que coisa?

— Na verdade, outra pessoa... — disse ele. — Talvez Margaret saiba o que está acontecendo aqui.

— Talvez... Mas, como vamos ter acesso a ela?

— Ainda não sei... Aquela mulher me dá medo!

— Medo? Deixe de ser idiota! — zombei. Claro que eu não podia falar que Margaret também me deixava intimidado. Aquele finlandês implicante nunca mais largaria do meu pé se soubesse disso.

— Vou descobrir um jeito de encontrá-la.

Depois de quase uma hora enfadonha, em que fomos revezando o console a cada partida, o tal torneio foi perdendo a importância. Drake continuava ganhando, com exceção de Aleksi, nenhum de nós tinha a mínima chance com o garoto *geek* — seja lá o que isso queria dizer. Ao final, cada um escolheu seu jogo preferido só por diversão: eu e Tyler jogamos futebol americano; Lokesh preferiu matar zumbis e Paolo escolheu um antigo e infantil joguinho de aventura. E, para a surpresa de todos, o surfista foi o único que conseguiu uma melhor pontuação do que Drake. Mas depois teve de aguentar o garoto resmungando que "só perdeu porque aquele era um jogo de criança". Vincent jogou uma ou outra partida, mas, na maior parte do tempo, nem parecia estar ali.

O campeonato durou cerca de uma hora e meia. Uma hora e meia perdida em frente à TV. Aquela tinha sido uma ideia idiota! Drake não sabia nada... Além de jogar videogame. Nos dispersamos e fomos comer o restante dos quitutes que Tyler havia preparado. Estava tudo muito gostoso e eu precisava mesmo me alimentar, a cerveja estava começando a fazer efeito.

— Nunca comi nachos tão bons quanto esses! — elogiei.

— Na cozinha tem de tudo. Fica fácil preparar qualquer coisa... E Camélia me ajudou.

— Vocês são verdadeiros *chefs* de cozinha!

— Só não entendi porque as meninas não puderam ficar aqui com a gente... Aleksi disse que era a noite dos caras!

— Bom... Sabe como ele é com as garotas, não sabe? Totalmente sem jeito!

Tyler riu meio sem vontade. Pelo jeito meus argumentos não o convenceram. Drake se aproximou de nós dois para participar da conversa. O assunto já era outro, agora falávamos sobre a América, T.J. e eu éramos os únicos americanos naquela sala.

— Eu sou do Canadá — disse Drake mastigando alguma coisa. Provavelmente batatinhas. O garoto observou a camiseta de Tyler. — Puxa, você gosta mesmo de futebol americano.

— É... Eu jogo também — contou ele.

— Eu não gosto muito de esportes... — Obviamente aquela não era uma novidade. — Mas acho *hockey* no gelo bastante interessante.

— E o seu tio também é do Canadá? — perguntei.

— Não — respondeu ele com um tom óbvio na voz. — Tio Montego é do México. Nunca leu numa dessas revistas idiotas que ele costuma aparecer?

— Não. Quero dizer... sim. Mas como você disse que era...

— Ah, isso é uma longa história! — interrompeu-me o garoto. — O meu pai, irmão do meu tio, é do México e conheceu a minha mãe que é do Canadá... Então, eles se casaram e...

— Entendi. Entendi. — Eu não estava nem um pouco interessado na árvore genealógica do garoto *nerd. Geek.*

Em contrapartida, Tyler ficou bastante interessado. Começou a fazer perguntas sobre o Canadá e prestava bastante atenção nas respostas do garoto. Provavelmente por causa de Cindy, que também era de lá. Deixei os dois conversando e fui para a área externa.

Se eu tivesse de eleger o melhor lugar da casa, e até da ilha, com certeza esse lugar seria o *lounge* da piscina. Embora fosse difícil acalmar a mente com tantas coisas acontecendo, ali eu me sentia relaxado e até com uma certa paz... ou o mais próximo disso. Ali eu pensava em Leonora. E aquilo me fazia bem.

De fato, Drake não parecia nenhuma ameaça para nós. Suas atitudes não levantavam suspeitas e, segundo Aleksi, seus pensamentos também não. Mas então por que eu ainda tinha minhas dúvidas...? Ele era a pessoa que melhor conhecia o senhor Montego. Não era possível que não soubesse absolutamente nada. Tentei encontrar alguma explicação para o que estava acontecendo.

Lokesh sentou-se ao meu lado, próximo à piscina.

— Como estão as coisas com Leo?

— Bem — disse eu. Obviamente, o sorriso no meu rosto entregava que estávamos muito mais do que "bem".

— Que ótimo! Amanhã podemos assistir um filme, você chama a Leo e eu chamo a Sam.

— Você não disse que queria ir com calma? — perguntou Aleksi juntando-se a nós.

— Disse. Mas eu não pretendo ficar um ano sozinho. E você também devia arrumar uma namorada, talvez assim largaria do meu pé — reclamou o indiano.

— Eu não quero namorada! — retrucou o finlandês.

— Eu concordo com o Lokesh... Acho que você e Gaia deveriam se acertar — sugeri.

— O que está havendo com vocês, rapazes?! É o segundo dia aqui, não pirem! Sabe de uma coisa... não dá para conversar com vocês — Aleksi levantou e saiu resmungando alguma coisa.

Drake apareceu.

— Eu estou indo — falou ele. — Margaret é capaz de me demitir se souber que estou jogando com vocês...

— Demitir? Mas você não é o sobrinho do dono disso tudo aqui? — perguntou Lokesh.

— Grande coisa! É a ordem dela que eu devo obedecer.

Lembrei do que Aleksi havia dito, com certeza Margaret sabia de tudo. Era com ela que devíamos buscar as respostas.

— Falando em Margaret... Quando ela virá aqui novamente? — questionei.

— Ah, não sei... — Drake pensou. — Talvez na próxima segunda-feira, ela vem saber como vocês passaram a primeira semana... Acho que é segunda-feira... se eu não me engano. — Ler a mente do garoto não foi uma boa ideia, pelo jeito não havia nada lá. — Bom, já está na minha hora. Até mais! — Ele se despediu e saiu caminhando pela praia.

Ficar com os rapazes era bem divertido, mas eu já estava sentindo falta da minha garota dourada, então voltei para dentro da casa e fui procurá-la. Na cozinha, dei de cara com Camélia que me olhou com seus olhos incrivelmente verdes.

— Tenho que te entregar uma coisa. — Camélia foi em direção à área de serviço e voltou com a minha camiseta nas mãos. Estava dobrada e cheirava a amaciante de roupas.

— Obrigado. — Limitei-me a dizer. Joguei a camiseta no meu ombro. Ela foi em direção a despensa e eu a segui. — Por que Estela não me entregou pessoalmente?

— Você queria que ela tivesse lhe entregado pessoalmente? — perguntou Camélia.

— Não. Não queria. Só estou perguntando por que você está se metendo nessa história?

— Porque já que teremos de conviver durante um ano, é melhor que seja em paz e harmonia, você não acha?

— Acho — concordei, mesmo sem me agradar com o fato de tê-la metida nos meus assuntos. — Mas não fui eu quem criou essa desordem... Foi Estela que pegou minha camiseta.

— Sim — disse Camélia, voltando para a cozinha. Aquele cinismo me deixava louco de raiva. Eu continuava seguindo-a. Tyler e Vincent entraram na cozinha conversando. T.J. falava alguma coisa sobre comida congelada. Não consegui entender direito.

— Qual é o seu problema comigo?

Camélia se virou e me olhou com seu semblante inexpressivo.

— Nenhum — disse ela. Os rapazes observaram assustados. Provavelmente, imaginando que eu arrumaria mais confusão.

— Sinceramente, não sei o que Estela falou de mim para vocês, mas eu não sou esse monstro que ela pintou, não.

— Estela não comentou absolutamente nada sobre você. Ao contrário, ela é até bem discreta.

— Não parece, porque se ela fosse discreta teria vindo me entregar a camiseta pessoalmente.

— Ela só pediu para eu entregar isso a você, não me deu nenhuma explicação, mas acredito que ela tenha se arrependido de ter pego.

— Ah, você acredita? Sei...

— Bom... Já está entregue — disse Camélia, sem mudar seu tom de voz um único segundo. Olhei para Tyler e Vincent que observavam toda situação em silêncio. Tive vontade de falar mais alguns desaforos para aquela intrometida, mas consegui me conter. Era Estela que tinha de me ouvir. Saí da cozinha bufando e subi as escadas depressa. Cindy vinha descendo.

— Cindy, onde está Estela? — perguntei.

— Acho que ela foi para a praia com a Leo.

— O quê?!

— Elas falaram que iam para a praia... — disse Cindy meio receosa. Deve ter ficado assustada com a expressão no meu rosto.

Eu não estava acreditando no que acabara de ouvir. Por que as duas foram para a praia *juntas*? Aquilo não estava nem um pouco certo. Estela não tinha nada para falar com Leonora. Provavelmente tentaria envenená-la contra mim, do mesmo jeito que fez com Camélia. Se Leo acreditasse nela, voltaríamos à estaca zero, depois de tudo que passamos nas últimas horas. Peguei a camiseta do meu ombro e vesti.

Cheguei na praia, onde mais cedo eu e Leonora tínhamos ido. Não havia ninguém ali. Caminhei em direção ao lado norte da ilha, onde ainda não tinha explorado. Avistei uma pequena caverna, ladeada por belas rochas que brilhavam com a luz da lua. Me aproximei e ouvi uma risada alta vindo de dentro dela. Ao entrar vi o que parecia ser uma espécie de piscina natural. Leonora e Estela estavam ali, sentadas sob a água, dando boas gargalhadas.

— O que vocês estão fazendo aqui? — perguntei.

Estela ficou séria, enquanto Leonora apenas transformou seu sorriso animado em um outro mais sutil.

— Conversa de garotas! — disse Leonora, dando de ombros.

— Eu já estou indo, Leo. — Estela se levantou, pegou um roupão que estava em cima de uma rocha e o colocou. Ao passar por mim apenas disse: — Desculpe por ter pego sua camiseta. — Então saiu.

Sem entender muito bem, olhei para Leonora esperando ver sua cara de brava. Para a minha surpresa, ela estava com um semblante sereno no rosto.

— Olha como é lindo, Axel. — Leo apontou para cima e ficou admirando o céu. — Parece que dá para ver todas as estrelas do Universo daqui.

Olhei rapidamente e vi um céu prateado realmente deslumbrante. Mas eu não conseguia me concentrar na beleza das estrelas com tantos pensamentos invadindo a minha cabeça.

— O que vocês estavam fazendo? — questionei Leonora, que baixou o rosto e me encarou. Talvez ela quisesse me acalmar com seu olhar dourado.

— Estela quis conversar comigo e encontramos esse lugar maravilhoso.

— O que ela falou?

— Nada demais. Por que você não relaxa um pouco? Vem... A água está deliciosa! — Eu me aproximei e me sentei em uma rocha, mergulhando meus pés naquela piscina aquecida. — Você está vendo essa fumaça saindo da água?

— Não vai me dizer que...

— Sim! — Ela deu uma risadinha infantil. — Quando cheguei aqui a água estava *gelada*.

— Espere... Estela viu isso? Viu você fazendo isso?

— Viu.

— Você contou a ela?! — gritei.

— Não fale comigo nesse tom, Axel — pediu. — Eu não sabia que era para ser um segredo... Além do mais, ela veio me pedir desculpas.

— Leonora, você não está entendendo... Nós não a conhecemos!

— Axel, fica quieto! — Ela fez um sinal para que eu diminuísse o volume da minha voz, então se aproximou de mim e sussurrou. — Ela é uma boa pessoa!

— Como você sabe?

— Ela me pediu desculpas...

— Ela podia estar mentindo!

— Bom, não é só por isso... — Leo continuava sussurrando, então se aproximou ainda mais. — Ela me contou sobre os poderes dela também.

— Hã?! E o que ela te contou?

— Não posso falar.

— Como não pode? Nem para mim?

— Ela me pediu para guardar segredo, não contou ainda para ninguém. Ela disse que ficou bem desconfiada quando foi convidada para esse trabalho. Mas logo depois soube que esse lugar responderia as suas perguntas.

— E você pode me contar pelo menos quais foram as respostas que ela teve?

— Isso ela não me falou.

— Eu não estou acreditando, Leonora!

— Apesar de ter contado seu segredo para mim, posso ver que ela é uma pessoa bem reservada.

— Agora você vai defendê-la?

— Vou! Aliás, é o que nós devíamos fazer. Pense Axel, nós estamos do mesmo lado. Deveríamos nos proteger. Ou pelo menos conversar sobre o assunto.

Olhei para Leonora e nem de longe vi aquela menina mimada e fútil que eu havia conhecido na varanda do hotel do senhor Montego. Naquele momento ela parecia uma garota feroz, capaz de perdoar, ser fiel e defender todos os que estavam ao seu lado. Um sorriso brotou em meu rosto. Aquela era uma mulher e tanto!

— Você...

— O que foi? Vai me dizer que eu sou uma boba? — perguntou ela com os braços cruzados.

— Não. Eu ia dizer que você tem razão.

— Eu ouvi bem? Você disse que eu tenho razão? Axel McRoy finalmente reconheceu o meu valor?

— Não brinque, isso é sério! Acho que devemos fazer alguma coisa.

— Muito bem! Falou como um verdadeiro líder. Mas... — Ela baixou seu tom de voz. — ...Agora temos uma piscina aquecida só para nós dois! E bem distante da mente indiscreta do Aleksi — disse, tentando me puxar para as águas. Eu me desvencilhei.

— Sabe, lembrei que ontem você me pediu para eu ficar bem longe de você...

— Pare com isso! — Ela me puxou com mais força, sem nenhum resultado. — Vem logo.

— Melhor não... — falei em tom de brincadeira. Leo me soltou e deu uma risada.

— Então está certo, acho que posso encontrar outro... — Antes que ela terminasse de falar, eu a puxei para perto de mim e aqueles belos olhos dourados encararam os meus. — Ciúmes, McRoy?

Eu morria de ciúmes só de imaginar Leonora com outro homem. Aquele era o tipo de pensamento que me deixava irritado. Leo viu meu semblante sério e sorriu.

— Nunca mais diga isso – pedi. — Prometa para mim...

— Bom, enquanto for leal a mim serei sempre leal a você! — ponderou ela. — Para mim, você é a segunda pessoa mais linda dessa ilha.

— Segunda? — perguntei, já imaginando sua resposta.

— Sim! Segunda... porque eu sou a primeira! — Afastei Leonora delicadamente e a observei dos pés à cabeça. Eu tinha que concordar. Aquela garota dourada era mesmo linda. Seus cabelos já estavam secos, algumas mechas caiam perfeitamente em seu rosto cor de mel e reluzia sob a luz do luar.

— Você não é a garota mais linda da ilha... Você é a mais linda do mundo! — Leonora me surpreendeu com um beijo intenso, que ardia em brasa, mas não me fazia mal. Tê-la em meus braços fazia tudo ter sentido. O mundo parecia silenciado, como se só nós dois existíssemos ali. Abri os olhos e vi que a sua pele brilhava mais do que o normal, como se estivesse coberta de *glitter* dourado. — Você está brilhando!

— O quê? — perguntou ela meio atordoada, olhando para o próprio corpo. Algumas partes brilhavam intensamente, como o rosto, o colo e as palmas das mãos, e aos poucos iam se apagando. — Isso nunca tinha acontecido antes.

— Talvez o meu beijo tenha feito isso, quer tentar novamente? — sugeri maliciosamente.

— Hum... Depois! Eu estou faminta! Vamos voltar.

— Espere! — Eu tirei a minha camiseta do corpo e entreguei para que ela colocasse por cima do seu maiô preto.

— Não é necessário, já estou seca. Além do mais, azul não combina comigo.

Não havia me dado conta que aquela era a camiseta da discórdia.

— Eu pensei que você gostaria de desfilar com a minha camiseta!

— Não mesmo!

Leonora me olhou com um jeito furioso, parecia pronta para arrumar mais uma briga daquelas. Então, me aproximei lentamente e lhe dei um beijo singelo.

— Eu só quero você, minha garota dourada.

— Garota dourada?

Leonora me olhou nos olhos e sorriu discretamente. Não conseguia ler seus pensamentos, mas era óbvio que tinha gostado do que ouviu.

Caminhamos abraçados pela praia até a mansão.

O SOL SE PÕE A OESTE 18

10 DE ABRIL

Naquela segunda-feira acordei um pouco mais cedo que o normal, olhei para o relógio e vi que ainda tinha uns minutinhos para ficar de preguiça na cama, perdido em meus pensamentos. Eram seis e quinze da manhã.

Depois de quase uma semana, já estava começando a me habituar naquela ilha. Todos os dias de manhã bem cedinho, eu e Leonora caminhávamos pela areia da praia de uma ponta a outra da enseada e ela me contava coisas sobre a sua vida. A sua companhia me fazia muito bem. Passávamos grande parte do dia juntos… assistíamos filmes no cinema, corríamos na esteira da academia, nadávamos na piscina… Aleksi e Lokesh estavam sempre por perto. Principalmente quando Gaia e Sam também estavam. Mas isso não era um problema. Nós nos divertíamos à beça, e a minha garota dourada estava sempre sorrindo para mim. Aqueles eram dias de calmaria.

Capturei a imagem do seu belo rosto sorridente e mantive-a na minha cabeça por alguns minutos, o máximo que pude. Eu havia acabado de acordar e era bom pensar em Leonora e em tudo que estava acontecendo conosco. Para o meu azar, Aleksi dormia na cama ao lado da minha.

— Sonhando acordado, McRoy? — Ele jogou o travesseiro em mim.

— Me deixe em paz!

— Hoje é o grande dia...

— Grande dia?!

— Não é hoje que Margaret vem aqui?

— Margaret! Eu me esqueci completamente!

— Não tira Leonora da cabeça... Isso que dá! Esquece da vida! — caçoou ele. Joguei o travesseiro de volta.

— Onde está Lokesh? — perguntei.

— Foi meditar. Ele faz isso todos os dias. Deve estar pedindo ajuda aos céus para conseguir conquistar Sam.

De fato, era bem engraçado ver Lokesh correndo atrás de Samantha. Mas a ruiva não dava a mínima para o indiano, preferia aproveitar as maravilhas daquele lugar. Outro dia, escalara uma pequena montanha no leste da ilha para ver o nascer do sol, antes de ter aula de surfe com Paolo.

— Eu acho que ela se interessa por ele, só prefere não ficar comprometida com ninguém.

— Para mim, esse é o tipo ideal de mulher, desprendida, *descolada*! Se eu não tivesse um fraco por cabelo colorido... ela seria a minha escolhida!

— E como você e Gaia estão?

— Ela me beijou ontem.

— Grande rei do *rock*!

— É... Sou o rei do *rock*. — Ele suspirou meio desanimado.

— Por que esse desânimo, cara? Não gostou de beijar uma garota linda?

— Não é isso. — Aleksi baixou o tom da voz. — Não sei dizer...

— Não sabe? Do que você está falando?

— Lembra ontem, depois do jantar, quando todo mundo foi assistir o filme? — perguntou ele. Eu concordei com a cabeça. — Ela veio falar comigo assim que o filme terminou...

— Pare de enrolar! Fale de uma vez!

— Ela me puxou e me beijou.

— E do que você está reclamando *exatamente*? — questionei.

— Não é bem uma reclamação.

— Você gostou ou não gostou de beijá-la?

— O pior é que eu gostei, cara... E muito!

— Então, qual é o problema?

— O problema é que eu não conseguiria ficar de namorinho assim como você e Leonora. Eu gosto da minha liberdade.

— Você está mesmo preocupado com isso?

— Claro que estou!

— Sabe o que eu acho? Acho que você deveria parar de frescura e aproveitar enquanto ela ainda não sabe a burrice que está fazendo. Logo, logo vai enjoar de você! — caçoei.

— Impossível, cara! Ela jamais enjoaria desse corpinho. — Ele deslizou a mão sobre o seu peito magricela e bastante rosado por conta do sol escaldante da ilha. — Ela me ama.

Levantei da cama ainda sonolento.

— Você leu isso nos pensamentos dela?

— Não foi preciso... O beijo que ela me deu disse tudo!

— Sei...

— Estou tentando não ler os pensamentos da Gaia. Não os dela...

— E quanto aos outros? Alguma novidade?

— Nada. Nada suspeito.

Assim como Aleksi, não havia notado nenhuma situação enigmática nos últimos dias. Nenhum mistério. Nenhuma demonstração de "superpoder". Eu e Leo não falávamos muito no assunto, preferíamos ocupar o nosso tempo com as atividades da casa ou aproveitando a ilha. Mas, vira e mexe, via Aleksi, Lokesh, Gaia e Sam reunidos no quarto, confabulando.

Para mim, a única coisa estranha era a aproximação de Estela e Leonora. Aquilo realmente me deixava desconfortável.

Na mesa do café da manhã tinha leite, algumas caixas de cereal e outras de suco de laranja. Paolo e Gaia decidiram "preparar" o café e ficou óbvio que eles não tinham a menor habilidade na cozinha, exceto para abrir embalagens. Imaginei a cara de Tyler vendo aquilo. Coloquei uma cápsula de expresso na máquina de café.

— Não acredito! *Strawberry*... Cereal de morango. O meu preferido! — exclamou Sam colocando-o em uma tigela de cerâmica. — Quando eu era criança minha mãe me chamava de Sam *berry*, de tanto que eu comia isso.

— Sam *berry*! — repetiu Gaia às gargalhadas. As duas se davam muito bem. Tiveram uma ligação de imediato. Eu estava lá, podia garantir isso.

— Celestial, irmão! — falou Paolo se aproximando de mim. — Tem uma bela garota lá fora querendo saber de você.

Soprei o café fumegante e dei dois goles rápidos. Minha garota dourada queria me ver, eu não podia deixá-la esperando. Da parede de vidro pude vê-la sentada numa das confortáveis poltronas do *deck*. Estranhamente, Leonora estava muito bem vestida: com um espartilho preto, uma saia justa de couro preto até o joelho e um *scarpin* preto altíssimo. Seus cabelos estavam soltos e esvoaçantes. Me aproximei boquiaberto.

— Olá! — disse ela sorridente.

— Por que você está assim? — indaguei. Nunca tinha visto Leonora tão... *sexy*. Ela estava linda, embora aquela roupa fosse bastante inapropriada. Vi em seu rosto uma expressão até então desconhecida, pareceu não entender a minha pergunta. Mas logo voltou a sorrir.

— Não gostou?

— Claro que eu gostei!

— Preciso falar com você imediatamente, num lugar que ninguém nos interrompa. — Ela pegou na minha mão para que eu a seguisse. Fomos por um caminho, que até então eu não conhecia, mata adentro.

A ilha era grande e cheia de riquezas naturais. A mansão ficava no lado oeste da ilha, a pouquíssimos metros de uma enseada. Era ali que passávamos a maior parte do tempo, e todos os dias íamos ver o sol se pôr. Depois de alguns minutos caminhando pela plantação de hibiscos, Leonora parou numa pequena área descampada e me olhou nos olhos.

— O que aconteceu?! — perguntei meio assustado.

— Você está tão diferente... — Leo então, me deu um beijo na boca. Havia sido um ótimo beijo, mas estava diferente. Naquele momento soube que tinha alguma coisa errada. Me afastei e olhei em seus olhos... *azuis*? Dei um pulo para trás — ainda mais assustado — e vi que não era Leonora ali na minha frente. Era Lily! Como ela fez isso?

— Lily?!

— Olá, Axel!

— O que você está fazendo aqui? Co... Como...? Eu pensei que você fosse...

— Quem mais deseja?

— Eu ia dizer... Minha namorada!

— Mas você a deseja.

— O que você sabe sobre mim? Como você fez isso?

— Isso não importa mais...

Lily me olhou fixamente e retirou uma espécie de punhal da sua cintura. Diversas imagens meio distorcidas passaram na minha mente em questão de segundos. Nenhuma que pudesse explicar aquela situação bizarra e assustadora. Não conseguia acreditar no que estava acontecendo. Meu primeiro pensamento mais claro foi imaginar uma forma de desarmá-la.

— O que você pensa que está fazendo?!

— O que tem que ser feito. — Ela me encarou nos olhos, sem nem ao menos piscar.

— Você não tem chance contra mim. Acha mesmo que vai conseguir alguma coisa com isso? — Apontei para o punhal na sua mão. Ela o estendeu em minha direção e ele começou a brilhar intensamente, como se ganhasse força. Uma força sobrenatural.

Pela primeira vez em minha vida eu tive medo. Lily parecia obstinada a me ferir. Mortalmente. Seus olhos me diziam isso. Leonora foi meu segundo pensamento, uma imagem fulgurante do seu rosto sorridente surgiu na minha cabeça, então, meu coração se encheu de tristeza. Eu nunca mais iria vê-la, iria morrer ali.

Ouvi alguém gritar. Estela surgiu ofegante e se colocou na minha frente, entre mim e Lily.

— Se você chegar mais perto vai se arrepender! — ameaçou Estela, que estendeu a sua mão em direção a Lily na tentativa de mantê-la afastada.

Por um relance, Lily pareceu hesitar.

— Saia da frente, menina. Eu não quero machucá-la — pediu calmamente.

— O que você está fazendo? — perguntei. Mas Lily me ignorou por completo e se manteve em posição de ataque, esperando um movimento em falso de Estela para então me atacar.

— Não me diga que você é a namorada dele...? — questionou ela, com um certo tom de ironia na voz. — Você não sabe o quanto esse rapaz é complicado? Nunca viu seus ataques de fúria?

— Por que você quer machucá-lo? — perguntou Estela. Cheguei a pensar que elas se conheciam, mas logo vi que eu estava errado. — Quem é você?

— Ele me conhece! — Lily apontou para mim. — E esse assunto é entre nós dois... Você não devia se meter nisso!

— Você é louca? Eu só te vi duas vezes na vida!

— Você está tentando me manipular? — perguntou Estela num tom frio e decidido. — Fique sabendo que não vai funcionar.

— Tudo bem. — Lily deu dois passos para trás e olhou para mim. — Você vai deixar ela se sacrificar por você, Axel? Justo você... que deveria ser o líder.

Como aquela mulher sabia tanto sobre mim? Senti um forte impulso em desarmá-la. Quis ir para cima dela, mas o meu corpo não respondia os meus comandos. Eu não conseguia me mexer. Tive a sensação de que um vento gélido me mantinha imobilizado.

— Não, Axel! Não escute o que ela diz... se ela quisesse me ferir já o teria feito. Ela só quer você, mas eu não vou permitir!

Lily deu um sorriso falso e ficou em silêncio por alguns segundos fitando o rosto de Estela, analisando-a mentalmente. O que estava acontecendo ali? Comecei a achar que Estela estava certa, Lily não faria nada contra ela, seu problema era apenas comigo.

Uma doce voz feminina quebrou aquele silêncio aterrorizante. Cindy surgiu de repente por detrás das árvores.

— Estela, o que você faz aqui? — Cindy olhou para nós três tentando entender o que estava acontecendo. Era possível ver medo em seus olhos meigos. Então, inesperadamente, com uma agilidade que eu jamais tinha visto antes, Lily atacou Cindy com o seu punhal e desferiu um golpe em sua barriga. Depois, fugiu correndo para a mata.

Estela foi socorrer Cindy que estava caída no chão, inconsciente. Eu fui atrás de Lily. Era impressionante a velocidade com que ela corria entre as árvores, mas eu podia correr tão rápido quanto aquela mulher misteriosa e quase consegui alcançá-la. Num segundo eu estava prestes a pegá-la, no outro, a perdi de vista; ela sumiu sem deixar vestígios. Olhei em círculos e não vi mais nada, nenhum sinal de Lily. Minha adrenalina estava a mil, meu coração parecia querer sair pela boca. Percebi que tinha me afastado muito de Estela e Cindy. Deveria ter ficado lá para ajudar.

Segui um pouco mais adiante, sem entender como havia corrido tão rápido, eu estava do outro lado da ilha — onde Drake, Margaret e os outros funcionários ficavam. Vi uma enorme casa toda em vidro fumê bem escuro, o que impossibilitava ver o seu interior. Tentei encontrar uma forma de entrar sem ser visto, mas só havia uma porta na frente da casa com uma senha de acesso. Apertei o botão amarelo escrito "*call*".

— Oi, oi. — A voz de Drake ecoou do aparelho.

— Drake, é *urgente!* Venha até aqui!

— Axel? O que aconteceu? — Percebi que estava sendo filmado por uma câmera pendurada na parede, logo acima da porta.

– Rápido! É caso de vida ou morte.

— Espere. — Um minuto depois, Drake saiu da casa usando uma calça de moletom e uma camiseta com um personagem de desenho animado. Pelo jeito tinha acabado de acordar. — O que foi?

— Aconteceu uma coisa terrível! Tem algum médico aqui na ilha?

— Você está bem, Axel?

— Não foi comigo. Foi com Cindy... Lily apareceu aqui!

— Quem é Lily?

— Você não sabe? Mas foi ela que me convidou... Como você não sabe? Não estou entendendo mais nada!

— E o que tem essa *tal* Lily?

– Ela queria me atacar, mas Cindy apareceu... Eu não consegui impedir. Alguma coisa estava me segurando! — Era difícil de acreditar que aquelas palavras saíram da minha boca.

— Como ela está?

— Lily deu um golpe em sua barriga... Talvez no seu coração. Acho... — Então, rápidos pensamentos passaram na minha cabeça, me levando a uma terrível conclusão: — Acho que ela está morta!

A expressão do Drake mudou completamente. Mas, ao contrário do que eu havia imaginado, ele não ficou espantado ou coisa parecida. Ele ficou furioso. Com raiva. Com muita raiva.

— É... Parece que o Universo conspira a seu favor, meu jovem!

Antes que eu pudesse falar alguma coisa, senti uma pancada atrás de mim e apaguei.

MARTE EM GUERRA 19

Abri os olhos e vi o belo rosto de Leonora de cabeça para baixo; ao fundo, o brilho prateado das estrelas no céu. Eu estava deitado no sofá e ela olhava para mim com os olhos cheio de preocupação.

— Ele acordou! — exclamou Leo. Os rostos de Aleksi, Lokesh e Gaia surgiram no meu campo de visão. Eles me olhavam de pé, com os olhos arregalados. — Como você está se sentindo?

Levantei atordoado tentando me localizar, estávamos do lado de fora da mansão, no *deck* da piscina. Me sentei e olhei para seus rostos assustados.

— O que aconteceu? — perguntei.

Minha cabeça estava dolorida. Tentei repassar mentalmente tudo que tinha acontecido antes de chegar ali... Lily esteve mesmo na ilha? Ela tinha tentado me atacar? Será que conseguiu atingir Cindy?

— Sim — disse Aleksi. Todos olharam para ele, inclusive eu. — Isso tudo aconteceu mesmo, cara. Samantha e Lokesh o acharam perto da pista de pouso, desacordado.

— E você não imagina o que eu fiz — falou Lokesh.

— Não vamos falar disso agora — pediu Aleksi.

— Desculpe — disse o indiano. — Como você está, Axel?

— Minha cabeça está doendo... O que aconteceu?

— Bom... Enquanto Sam e Lokesh procuravam você... — Gaia começou a contar.

— Deixa que eu converso com ele — interrompeu Leonora. — Nos deixem sozinhos, por favor.

Todos levantaram, meio a contragosto, e saíram. Nós ficamos sozinhos.

— Leo, eu... — Ela me abraçou e eu parei de falar. Era bom senti-la em meus braços. Era bom estar de volta.

— Você me assustou, Axel! Eu não quero que você faça mais isso comigo. Nunca mais faça isso! — pediu ela, colocando a mão em meu rosto. Senti um calor agradável.

— Tudo aconteceu tão rápido...

— Está tudo bem agora — disse ela, tentando ser convincente. Mas eu sabia que havia alguma coisa de muito errado ali.

— O que aconteceu com Cindy?

Leonora baixou a cabeça, e naquele momento eu tive certeza que algo de grave havia acontecido. Ouvi alguém se aproximando.

— Desculpe interromper.

— Estela! — exclamei. Imediatamente, tudo que tinha acontecido na mata surgiu na minha cabeça. — Como está Cindy? Ela está bem?

As duas se olharam e permaneceram em silêncio.

— Posso falar com ele? — pediu Estela. Leo acenou com a cabeça, me deu um breve beijo nos lábios e saiu.

— Axel, quem era aquela mulher? — Estela se sentou ao meu lado.

— Lily.

— Lily? Você a conhecia?

— Eu a conheci uma semana antes de vir para cá, foi ela

que me ofereceu esse emprego. Mas, além do seu nome, não sei nada sobre ela.

— Por que ela queria te matar?

— Eu não sei. — De fato, não conseguia imaginar por que ela faria aquilo. — O que aconteceu com a Cindy?

— Não sabemos ao certo.

— O que isso quer dizer?

— Ela foi ferida com... — Estela parou de falar procurando a palavra. — ... um punhal. Está comigo.

— Ela está morta?

— É o que parece...

— Parece?

— Você já vai entender. Antes, me diga o que aconteceu contigo, você encontrou a tal Lily?

— Não. Ela sumiu... — Então, parei de falar e comecei a me lembrar de todos os detalhes. — Por que ela não te feriu?

— Eu não sei... Mas de alguma forma, senti que ela não me faria mal... Por isso me coloquei na sua frente. Eu sentia realmente que, enquanto eu estivesse ali, ela não faria nada contra você.

— Como você me achou?

— Eu tinha acabado de acordar. Tinha ido até a varanda do meu quarto contemplar o mar, como faço todas as manhãs, quando vi você se aproximar daquela mulher.

— Não... Não era... — Quis explicar o que tinha acontecido, mas nem eu mesmo sabia o que dizer.

— No momento que ela pegou na sua mão e te levou para a mata, percebi que havia alguma coisa errada. Então, segui vocês.

— Mas quem me levou para a mata foi Leonora — disse eu bastante confuso. Estela me olhou intrigada. — Obviamente, não tinha sido Leo. A dor na minha cabeça aumentou. Eu não conseguia assimilar muito bem o que havia acontecido.

— Eu só não esperava que Cindy também fosse aparecer

naquele lugar... — explicou ela, baixando os olhos.

— Você não teve culpa, Estela. Se alguém é culpado, esse alguém sou eu. Era a mim que Lily queria.

— Eu tentei ajudá-la. Eu fiz o meu melhor... — explicou Estela com a voz embargada. — Mas não foi o suficiente... Cindy está...

— Você salvou a minha vida — interrompi, olhando bem dentro dos seus olhos. — E eu serei eternamente grato por isso.

Uma barreira invisível que parecia existir entre nós dois, nos separando, se quebrou. Pude ver seu semblante se suavizar e um leve sorriso brotou em seu rosto.

— Eu fiz o que devia ser feito.

— Obrigado. — Me aproximei de Estela e lhe dei um forte abraço, ela retribuiu gentilmente. Depois, se afastou um pouco e tocou a minha mão.

— Consegue sentir? — indagou ela. Comecei a sentir minha mão queimar, não era um calor agradável, como quando Leonora me tocava, era uma sensação estranha, de formigamento. Minha mão começou a adormecer.

— Não me diga que você também pega fogo?! — perguntei em tom de brincadeira, tentando disfarçar a minha curiosidade. Seu rosto continuava sério.

— Você sentiu queimar?

— Um pouco.

— Eu não pego fogo... Eu congelo. Consigo congelar as coisas — contou ela. — Acho que esse é o meu poder.

— Você congela as coisas?

— Sim. E, pelo jeito, as pessoas também.

— As pessoas?

— Acho que congelei Cindy.

— Você o quê?!

— Bom, foi o que o Vincent disse, que ela está *congelada*.

— Como ele pode saber disso?

— Ele conseguiu vê-la por dentro... E ela estava congelada.

— Ele viu por dentro? Como uma visão de raio X? — perguntei atônito. Aquilo era muito assustador e, por mais que eu já imaginasse que todos ali tinham alguma espécie de superpoder, fiquei completamente atordoado ao ouvir aquelas revelações. — Os poderes! Todos têm, não é mesmo?

— É... Parece que sim — respondeu Estela, aparentemente devastada como tudo que havia acontecido.

— Não fique assim...Você tentou salvá-la. Você me salvou — argumentei.

— Não, Axel. Eu falhei.

Podia imaginar o que Estela estava sentindo. Também me sentia impotente diante de toda aquela situação, pois, de certa forma, eu era o responsável por aquilo acontecer com Cindy. Era a mim que eles — seja lá quem fosse eles — queriam.

De repente, as lembranças voltaram de uma só vez e tudo ficou claro como cristal. Lembrei de procurar por Drake. Lembrei de suas palavras: "parece que o universo conspira a seu favor, meu jovem!". Lembrei de levar uma pancada na cabeça.

— Eles queriam a mim.

— Eles?!

Precisava contar tudo o que sabia.

— Vamos reunir os outros. Preciso falar com todos juntos.

Entramos na mansão. Todos estavam reunidos na sala, com exceção de Vincent. Vi Cindy desacordada no sofá, imóvel. Tyler estava ao seu lado, com os olhos vermelhos de tanto chorar, observando-a como se a qualquer momento ela pudesse acordar. Todos os olhares vieram em minha direção. Senti que alguns deles, especialmente T.J. e Camélia, eram hostis.

— Tome um pouco de chá, Tyler — pediu Camélia. — Você não vai ajudá-la assim.

— Ajudá-la? Acha mesmo que alguém pode ajudá-la?

Ela está morta! — disse ele com um tom bastante agressivo. Em seguida, olhou para mim e com o dedo em riste completou. — E a culpa é sua!

Todos fizeram silêncio.

— Não! — exclamou Estela.

— Eu também fui atacado, cara — expliquei.

— Por uma mulher? — ironizou ele. Seus olhos estavam cheios de fúria.

— Ela estava armada, Tyler. Acalme-se. — pediu Estela. — E... Eu acho que o deixei imóvel...

— Então foi você? — perguntei. Aquela energia paralisante que me impediu de desarmar Lily veio de Estela. Ela olhou para mim e pude ler em seus lábios um pedido de desculpa.

Tyler se levantou e veio em minha direção.

— Você deixou duas garotas indefesas te protegerem enquanto via uma delas ser apunhalada!

O sangue me subiu à cabeça. Senti meu punho se fechar e todos os meus sentidos de briga foram acionados. Eu estava pronto para uma luta.

— Não me provoque! — gritei. Mas, T.J. fez exatamente o contrário.

— O que foi? Não tem nenhuma garota aqui para te defender?

Sem pensar em mais nada, parti para cima dele e dei um soco bem no meio da sua cara. Imediatamente, ele revidou e me acertou em cheio, eu caí no chão. Ouvi vozes femininas nos pedindo para parar, enquanto nós dois rolávamos no chão trocando chutes e socos. Ele podia ser mais forte, mas eu era mais ágil, conseguia desviar dos seus golpes com mais facilidade do que ele desviava dos meus, porém, ele parecia não sentir absolutamente nada quando era golpeado. Vi, de relance, o rosto de Paolo. Senti algumas mãos segurando os meus braços, Aleksi e Lokesh me puxaram e me encostaram na parede, tentando me imobilizar. Claro que, se eu quisesse, derrubaria os dois de uma só vez e partiria novamente para cima de Tyler que estava sendo segurado por Paolo. Eu sabia que, se ele também quisesse, derrubaria o surfista com um simples empurrão.

— Você ganhou, cara. Pronto, acabou! — disse Aleksi bastante nervoso.

— Tyler! — Ouvi Camélia chamá-lo num tom autoritário. Enquanto eu tentava me orientar, vi que ela se colocou na frente dele, a fim de que ele desviasse o seu olhar do meu, mas T.J. continuava me encarando sobre os ombros da garota, como se estivesse me desafiando.

Aleksi e Lokesh pediam calma o tempo todo. Falavam coisas do tipo "ele está nervoso" e "é a garota dele". Mas, eu não queria escutar nada e nem ninguém. Só conseguia pensar no que Tyler havia dito sobre as garotas me protegerem. Ele estava bufando e me encarava como um touro prestes a atacar o toureiro. Pedi que os rapazes me soltassem sem que eu precisasse machucá-los. Estava sentindo muita raiva, então, me desvencilhei dos dois de supetão e parti para cima de Tyler. Só não podia esperar que ele estivesse preparado para me atacar com um único e certeiro golpe. Um nocaute. Senti o gosto de sangue na minha boca, ele havia me acertado em cheio, com muita força; tonteei e dei uma cambaleada. Queria revidar no mesmo instante, mas mal conseguia ficar de pé. Vi que Leonora se aproximou de T.J. a fim de afastá-lo de mim e ele gritou com ela, o que me deixou ainda mais furioso. Lokesh se colocou na minha frente e, instintivamente, acabei lhe acertando um soco na cara, sem querer.

— Cara, sou eu! — reclamou o indiano. Não tinha sido forte, mas me senti mal por tê-lo machucado.

Leonora veio em minha direção.

— Sai daqui, Leo. — Foi a única coisa que consegui dizer. Tyler se sentou no chão. Camélia e Estela sentaram-se ao seu lado.

— O que pensa que está fazendo, Axel? — Leonora estava histérica. — Você está todo machucado.

— Eu não preciso de você para me defender. Nem de você, nem de qualquer outra garota! — vociferei. Com medo de que eu fizesse algo com Leo, Aleksi me segurou.

— Chega! — gritou ele. — Vamos acalmar os ânimos!

Olhei para Leonora e vi seus olhos dourados cheios de angústia. Depois, olhei para a sala e vi o caos instalado ali. Meu coração estava acelerado, eu não conseguia me acalmar, só pensava em partir para cima de Tyler e acabar com a cara dele. Senti uma mão me puxar com força, era Camélia tentando me tirar dali. Ela me puxou até a cozinha. Aleksi e Lokesh foram atrás, como dois seguranças.

— Você vai continuar se intrometendo onde não é chamada, garota? — gritei.

— Por quê? Você vai bater em mim também? — perguntou ela.

Eu fiquei calado, encarando aquela garota intrometida. Por dentro, eu estava morrendo de ódio. Camélia não se deixou intimidar, com seu frio olhar verde esmeralda, abriu as prateleiras, pegou algumas ervas e uma tigela. Aquela cena me fez lembrar da minha mãe, quando ela preparava alguma compressa para os meus machucados.

— Eu não vou passar isso!

— Não é para você. É para o Tyler.

— Pelo jeito, eu o acertei em cheio!

— Acho que não — disse Camélia com desdém. — Leonora o queimou com suas mãos.

Meu corpo estava trêmulo de tanto ódio. Aleksi e Lokesh observavam todos os meus movimentos, apreensivos.

— Fica calmo, cara — pediu Aleksi. Ele e Lokesh já não sabiam mais o que dizer para me acalmar.

Enquanto preparava a mistura, Camélia pediu aos rapazes que me mantivessem ali. Seu jeito autoritário me tirava do sério.

— Eles não vão me manter aqui coisa nenhuma! — retruquei. — Foi o Tyler que quis brigar. Não eu!

— Ele só o atacou porque está com medo — opinou ela.

— Não me pareceu medo... Ele me acusou de usar as meninas para me defender. Quem ele pensa que eu sou? Um covarde?! Eu sou mais corajoso do que qualquer um desse lugar...

— Medo... Raiva... é o que as pessoas costumam sentir quando perdem alguém.

— Não sabemos se Cindy está morta — interrompeu Lokesh. — Vincent não deu certeza!

Naquele momento senti um azedume subir pela minha garganta, pensar em Cindy morta era algo terrível. Aquela doce menina não podia acabar assim — assassinada em uma ilha. Senti um misto de culpa e tristeza, minha cabeça começou a latejar de tanta dor, então, as lágrimas rolaram involuntariamente pelo meu rosto. Sentei no chão aos prantos.

— Quando Vincent voltar eu peço a ele para vir aqui examiná-lo — falou Camélia. — Espero que ele a encontre logo...

Então, a garota intrometida deixou a cozinha. Em direção ao jardim.

— Onde está o Vincent? — perguntei enxugando os olhos, um pouco menos nervoso.

— Ele foi atrás de Margaret para pedir ajuda — contou Aleksi. — Ninguém atendia as ligações...

— Vou tentar novamente... — disse Lokesh retirando do gancho o moderno telefone que estava em cima da bancada da cozinha. — Como é mesmo o número, Aleksi?

— 29.

— *Are baba*, o dia do meu aniversário!

— Ei, o meu aniversário também é no dia 29.

Imediatamente, os dois olharam intrigados na minha direção, esperando para ver o que eu ia dizer. Aquilo seria uma coincidência? Respirei fundo e exalei pelo nariz. Então, acenei com a cabeça.

— Dia 29 — confirmei. — Ponha esse telefone no lugar.

Vincent não podia ir atrás de Margaret, não sozinho. Eu tinha de contar para eles sobre o Drake. Eles precisavam saber o que havia acontecido comigo do outro lado da ilha. Com certeza, Margaret era nossa inimiga.

Gaia entrou na cozinha e se aproximou de mim.

— Vai ficar tudo bem! — exclamou ela, numa tentativa de me animar. — Todos nós sabemos que não foi culpa de ninguém, até o Tyler sabe disso. Acho que todos nós estávamos em perigo, antes mesmo de virmos para cá...

Eu a puxei em um abraço e dei um beijo em sua testa, já estava ficando mais calmo. Gaia me abraçou de volta com entusiasmo. Sobre seus ombros, olhei para Lokesh e me lembrei que eu o havia esmurrado.

— Desculpa, cara — disse eu para o indiano.

— Não tem problema... Depois eu bato em você e ficamos quites! — caçoou ele.

— Eu quero bater também! — Aleksi mostrou seu braço branco com algumas marcas vermelhas. — Olha o que aconteceu com meu lindo braço — acrescentou ele arrancando de mim uma pequena risada. Embora não houvesse motivo para sorrir — Cindy estava morta.

— Agora temos de pensar num jeito de ajudar a Cindy — disse Gaia.

— Ela está morta. Na melhor das hipóteses, congelada — falei.

— Não podemos desistir! Temos que...

De repente, a garota do cabelo colorido parou de falar e olhou para a porta da cozinha. Samantha estava parada com uma expressão de espanto no rosto

— Sam, o que foi?! — perguntou Lokesh.

— Tem alguém chegando na ilha. Está vindo de helicóptero!

Samantha saiu rapidamente da cozinha em direção a área externa, pela porta dos fundos. Eu, Gaia, Aleksi e Lokesh nos olhamos intrigados. Então, também corremos para o lado de fora da mansão.

SERPENTÁRIO 20

Da estufa, Camélia nos viu passar apressados e, como sua especialidade era se intrometer nos assuntos alheios, veio atrás de nós para ver o que estava acontecendo. Corri bem rápido até alcançar Samantha, queria saber quem estava chegando na ilha. Afinal de contas, era a mim que "eles" queriam. Aleksi e Lokesh, apesar de ofegantes, conseguiram me acompanhar. Gaia e Camélia ficaram um pouco mais para trás.

Não sabia que horas eram, mas o céu estrelado e a lua quase cheia me fizeram perceber que eu havia passado boa parte do dia desacordado. Sem nem ao menos me alimentar. Tyler teve uma boa vantagem.

— Para onde estamos indo, Sam? — perguntei, me sentindo meio fraco.

Samantha se aproximou da ladeira — a mesma em que Leonora havia rejeitado a minha ajuda para subir, uma semana atrás — e olhou ao redor.

— Eu vi um helicóptero.

Gaia, que tinha acabado de chegar, perguntou respirando com certa dificuldade:

— Onde ele está?

— Não sei. Estava tentando me concentrar... queria encontrar essa mulher...

— Lily? — indaguei.

— Sim. Estela a descreveu em detalhes e Paolo tentou ajudar. Ele a viu na piscina pela manhã. Enfim, eu quis encontrá-la... E, de repente, me vi na mata procurando por ela.

— Você não podia ter saído por aí sozinha! — advertiu Lokesh.

— Eu não saí. Você não está entendendo?

O indiano balançou a cabeça como um pêndulo.

— Não.

— A minha mente estava na mata... Não o meu corpo. Mas foi em tempo real.

— Teletransporte, Lokesh. Teletransporte. — Era impressionante como Aleksi agia com tanta naturalidade ao falar sobre poderes sobrenaturais.

— Você a viu? — perguntou Gaia.

— Não. Mas eu vi um helicóptero sobrevoando a ilha.

— Sam — chamou Camélia. Todos nós viramos em sua direção. — Há um heliponto na ilha, podemos ir até lá.

— Vamos! — exclamou Gaia. — Precisamos ter certeza.

"Não será necessário", ouvi alguém dizer enquanto subia a ladeira. Eu e os outros olhamos assustados para ver quem havia dito aquilo. Um rapaz de longos cabelos louros e rosto pálido se aproximou; suas feições pareciam com uma estátua esculpida, tamanha era a frieza com que nos encarou. Usava umas roupas bem antigas, como se tivesse acabado de chegar de uma máquina do tempo — vinda do ano de mil e quinhentos. Uma mulher balzaquiana surgiu por detrás dele, e, ao contrário do homem louro mau encarado, sua expressão era de felicidade. Seu visual também parecia de outra época, porém, não tão remota. Era algo mais estilo anos oitenta: suéter rosa com borboletas, óculos de gatinho e cabelo louro com permanente na altura do ombro. Contra o peito, ela segurava algo como um caderno ou um livro. E, assim que nos viu, abriu um sorriso de orelha a orelha.

Me pus na frente de todos.

— Ele quer ajudar — falou Aleksi.

— Correto. Leia a minha mente e saberá das minhas boas intenções — falou o homem com um tom de voz mais frio do que o de Camélia. — Não temos muito tempo... Precisamos encontrar Ka'an. Qual de vocês é do signo de Áries?

"Qual de vocês é do signo de Áries?". Foi isso mesmo que eu ouvi? Do que ele estava falando? Olhei para os outros, que me olharam de volta, incrédulos.

— Do que você está falando? — perguntei.

— Parece que é você. Estou certo? — Ele apontou para mim.

— Eu... Eu sou... — balbuciei.

— Vocês ainda não sabem quem são? — perguntou ele.

— Não! — exclamou Sam. — Não sabemos de nada!

— O que está acontecendo? — Quis saber Gaia.

— Você é o nascido de 29 de março? — O homem-estátua perguntou para mim.

Eu estava atônito. O que isso poderia ter a ver com tudo o que estava acontecendo? Aleksi olhou para mim tentando ler meus pensamentos. De fato, nasci no dia vinte e nove de março. Eu sou do signo de Áries. Mas, e daí?

— Sim — respondi, esperando uma explicação convincente sobre os últimos acontecimentos.

— Então... Você é o líder — ponderou o homem-estátua. — Quem são os nascidos de janeiro e fevereiro?

Aleksi arregalou os olhos.

— Eu nasci em janeiro, mas não sei quem nasceu em fevereiro — disse ele, bastante assustado.

— Paolo nasceu em fevereiro — contou Camélia.

— Vocês já completaram vinte e um anos, e, certamente, têm um melhor domínio dos seus poderes. Onde está o *tal* Paolo?

— Ele está na casa… — respondeu o finlandês, pela primeira vez, parecia realmente apavorado. — Tivemos um problema…

— Quem é você? — interrompi, tentando impedir que Aleksi contasse o que aconteceu com Cindy. Não tinha certeza das boas intenções daquele homem.

— Axel… Ele me parece confiável — comentou o finlandês entre os dentes.

— Quem é você? — Voltei a questionar o homem, ignorando Aleksi.

— Meu nome é Elder — respondeu ele, olhando diretamente para mim. — Essa é senhorita Jacobsky. — A moça acenou timidamente com a mão.

— Elder, precisamos do nascido de fevereiro? — perguntou a moça dos óculos de gatinho para o homem-estátua. Pela primeira vez ouvimos a sua voz, que tinha um tom mais forte do que a sua imagem frágil.

— Espero que não! Temos pouco tempo… Vocês dois — disse ele apontando para mim e para Aleksi. — Venham comigo! Vocês não são mais úteis para Ka'an.

— E quanto a nós? — questionou Lokesh.

— Quem é Ka'an? — perguntou Sam.

— Senhorita Jacobsky, acompanhe os outros…

— Nós não vamos a lugar nenhum! — coloquei para fora, rispidamente.

— Elder, eles não sabem de nada… Talvez seja melhor reuni-los — sugeriu a senhorita Jacobsky. — Eles estão confusos. E, se eles já foram atacados como você imagina, estão em estado de choque.

Ele lançou um olhar inexpressivo para a moça.

— Não temos tempo!

— Mas eles precisam saber por você… Todos eles. Juntos.

O homem-estátua pensou brevemente e olhou para os nossos rostos, como se quisesse — de algum modo — encontrar algo neles. Ele usava um colar de cobre com o desenho de uma árvore. Apenas Aleksi poderia saber o que se passava na mente daquele homem de fisionomia inexpressiva, sem qualquer sinal de emoção.

— Correto. Vamos nos reunir com os demais — concordou ele. Então, olhou para mim como se esperasse a minha aprovação. Consenti com a cabeça. Seguimos em direção à mansão. — Me diga o que aconteceu desde o dia que chegaram aqui.

Enquanto caminhávamos a passos largos, contei ao tal Elder tudo o que havia acontecido na ilha, com algumas poucas interrupções, ora de Gaia, ora de Samantha. Lokesh e Camélia ficaram o tempo todo em silêncio e Aleksi, apesar de não falar nada, estava com a expressão no rosto que eu já conhecia bem, a mesma que ele ficava quando tentava ler a mente de alguém.

Elder se manteve calado todo o trajeto, bem diferente da moça de suéter, que parecia interessadíssima no que eu tinha para contar e não parou de fazer perguntas durante o percurso até a mansão. Algumas delas, bem impertinentes: "vocês se relacionaram emocionalmente?"; "aconteceu alguma briga?"; "alguém se feriu?". Sim, sim e sim. Me limitei a responder, sem dar nenhum detalhe.

Assim que chegamos na área da piscina, Elder me pediu:

— Chame os outros. Seja breve, não temos muito tempo.

— É melhor entrarmos... — comecei.

— Aconteceu uma coisa muito grave... — interrompeu Camélia. — Tem uma menina... — Ela parou de falar e pensou um pouco. Morta? Congelada? — Ferida. E, o amigo dela não a deixará sozinha.

— Pedido razoável — falou a senhorita Jacobsky olhando para o homem, enquanto ajeitava os óculos que pendiam na ponta do seu nariz.

Sem dizer uma única palavra e sem mostrar qualquer emoção, ele seguiu em frente. Nós também. Olhei para Aleksi e depois para Lokesh, mas seus rostos nada me diziam. Camélia se pôs na minha frente sutilmente, imaginando que quando Tyler me visse ficaria novamente furioso. A porta se abriu, não por mim, nem pelos outros que estavam comigo, mas por Leonora que pretendia ir para o lado de fora. Fiquei um pouco triste ao perceber que ela não estava me procurando, nem mesmo se importou quando me viu. Seu semblante só mudou — de indiferente para assustado — quando percebeu a presença de um desconhecido.

— Está tudo bem, Leo. — Samantha roubou a minha fala.

Leo não se convenceu. Ela o encarou com receio, tentando entender o que aquele homem fazia ali. Logo em seguida percebeu a presença da senhorita Jacobsky e, imediatamente, seus olhos correram a moça de cima abaixo. Seu semblante, agora, havia passado de assustado para reprovador. Estela apareceu por detrás de Leonora com uma cara ainda mais desconfiada e foi logo perguntando.

— Quem são eles?

— Nós viemos em paz — disse a senhorita Jacobsky. Leonora olhou para Estela e as duas deram um passo para trás. Todos nós entramos.

— Achei que tivesse fugido... — Ouvi a voz de Tyler ao longe. Paolo e Vincent se colocaram na sua frente, tentando impedir que ele partisse para cima de mim. — Eu não terminei meu assunto com você, McRoy! — Ao perceberem a presença de dois estranhos de aparência bizarra, todos ficaram boquiabertos.

Aquele homem louro e completamente inexpressivo se colocou no centro da sala e deu uma boa olhada ao redor, encarando um a um.

— Quem é você? — perguntou Tyler. O homem o ignorou e então quis saber.

— Onde está a décima segunda?

— Ela não está em condições... — respondeu Camélia com a voz embargada.

Elder deu de ombros e seguiu um pouco mais adiante, se aproximando da saleta ao lado — a sala de leitura. T.J. se pôs na sua frente.

— Você não vai entrar aí! — exclamou Tyler. — O que você quer com ela?

— Pelo jeito as sinastrias já começaram... Não se preocupe, eu só quero ajudar.

Tyler, porém, não saiu do lugar. Ele manteve-se imóvel, com o peito inflado, na porta da sala de leitura.

— Por acaso você é médico?

— Não. Um médico não ajudaria muito nessa situação.

— Então quem é você?

— Eu sou só um amigo — afirmou ele.

T.J. saiu da frente da porta abrindo o caminho para o homem. Todos entramos na sala, que era bem maior do que eu me lembrava. Só havia entrado lá uma única vez, no dia em que cheguei, quando Drake nos mostrou todos os cômodos.

— Quem a feriu? — perguntou a senhorita Jacobsky.

— Foi uma... — Estela começou a falar.

— Ka'an — interrompeu Elder. — Tudo que está acontecendo aqui é por causa dele.

— Quem é Ka'an? — perguntei, pronto para entender tudo que estava acontecendo.

O homem-estátua me fitou e, num lapso de segundo, consegui capturar uma discreta emoção em seu rosto: preocupação.

— O Serpentário.

O LÍDER 21

Um *Serpentário.* Eu não fazia a mínima ideia do que aquilo significava, mas percebi que nem todos os outros naquela sala fúnebre estavam tão desalumiados quanto eu. Busquei explicações nos rostos daqueles que sabiam do que se tratava. Ou pelo menos imaginavam. Apesar de não falarem absolutamente nada, demonstravam em suas expressões um quê de entendimento, como se soubessem de algo que eu não sabia. Mil perguntas surgiram na minha cabeça, quis fazer todas elas de uma vez, mas sabia que o momento não era propício. O silêncio ali era ensurdecedor.

Cindy estava deitada, imóvel, com os olhos fechados. Meu coração apertou tanto a ponto de dar um nó na minha garganta. Era terrível vê-la daquele jeito.

Elder se aproximou de Cindy e tocou a sua testa com o dorso da mão. Tyler prendeu a respiração tentando controlar sua ansiedade, Camélia se aproximou dele e apertou seu braço em sinal de solidariedade. Os olhos do homem percorreram a sala e pararam em Estela.

— Você a congelou?

— Eu tentei ajudar...

— Você salvou a vida dela — garantiu Elder. — Onde está o punhal?

— Ela não está morta? — perguntou T.J. com os olhos cheio de lágrimas.

— Não. Ela está congelada. Graças a moça de Escorpião.

Camélia passou seus braços pelos ombros de Tyler. Estela levou a mão até o bolso de trás da calça, escondido por debaixo de um largo moletom preto e retirou o punhal de Lily. Vi que era feito de pedra obsidiana, completamente rudimentar e me lembrava bastante uma figura dos meus livros de História. Estela o entregou ao homem. A senhorita Jacobsky se aproximou para dar uma boa olhada na arma. Parecia completamente admirada.

— Isso é incrível! — exclamou a moça.

— Temos que ir... Já perdemos muito tempo. — O homem-estátua guardou o punhal no bolso. — Tem certeza que quer ficar, senhorita Jacobsky?

— Sim — acenou com a cabeça.

— Cuide-se — disse Elder. — Nascido de março, você é o líder. — Ele apontou para mim. Então, os outros me olharam intrigados. — Vamos.

— Mas o que está acontecendo? — insisti. Eu não estava entendendo absolutamente nada. — você pode pelo menos dizer para onde vamos?

— Temos que ir com ele, Axel! — pediu Aleksi.

— Calma aí, gente... Alguém pode explicar o que significa "nascido de março"? — perguntou Leonora.

— Eu só preciso da presença do líder e dos outros dois, os nascidos de janeiro e fevereiro. O restante deve ficar aqui.

— Cada um de nós nasceu em um mês... É isso? — perguntou Gaia. Elder confirmou ligeiramente com a cabeça e foi em direção a porta. — E o que isso significa? — insistiu ela.

— Espere, Elder — pediu a senhorita Jacobsky, segurando seu braço. — Eles precisam saber... Eles precisam ouvir de você. Por favor...

Ele olhou para a moça de suéter por um breve momento e depois para mim.

— Você é o Astro Líder — começou ele, me encarando. Depois, olhou ao redor. — Vocês doze são os representantes dos signos do Zodíaco. O que vocês chamam de poderes, nós chamamos de habilidade do signo potencializado o máximo possível para um humano.

— Nós? — perguntou Gaia.

Elder a ignorou e continuou:

— Cada um de vocês representa um signo. Áries. — Ele apontou para mim e, em seguida, disse o signo de cada um: — Touro. — Apontou para Tyler. — Gêmeos. — Apontou para Gaia. — Câncer. — Apontou para o sofá onde Cindy estava deitada. — Leão. — Apontou para Leonora. — Virgem. — Apontou para Vincent. — Libra. — Apontou para Lokesh. — Escorpião. — Apontou para Estela. — Sagitário. — Apontou para Samantha. — Capricórnio — Apontou para Camélia. — Aquário — Apontou para Aleksi. E, por fim, apontou para Paolo. — Peixes. Você também deve vir conosco.

— Celestial! — exclamou o surfista.

Com exceção de Paolo, que parecia não ter se importado com o que acabara de ouvir, todos nós ficamos totalmente perplexos com aquela revelação. Boquiabertos. Tentando entender o que aquilo tudo significava.

Eu não entendia quase nada sobre Astrologia. Sabia que, por ter nascido no dia vinte e nove de março era do signo de Áries. Apenas isso. Nunca me aprofundei no assunto, não tinha o menor interesse, nem mesmo acreditava em nada daquilo. Observei que alguns, apesar de espantados, conseguiam compreender o que aquilo tudo significava. Enquanto eu — o líder, segundo o homem-estátua — não entendia absolutamente nada sobre signos e todas essas coisas. Por um momento, pensei estar ficando louco. Comecei a questionar a minha sanidade mental.

— Ka'an é um Serpentário. O décimo terceiro signo — concluiu Elder.

— Décimo terceiro? Não são apenas doze? — perguntou Samantha.

— Perdão, senhorita. Essa é uma longa história... não podemos perder mais tempo, temos de encontrar Ka'an. Enquanto ele estiver por aí, vocês estarão correndo perigo — declarou ele olhando para mim.

— Aleksi, Paolo... Nós vamos com Elder procurar esse tal Ka'an — ordenei. Se eu era o líder, precisava me portar como um.

— Sim, Axel — concordou Aleksi.

— Estou dentro, *big rider*! — exclamou Paolo.

Meus olhos procuraram por Leonora. Mas ela apenas jogou seus cabelos para trás, fingindo não perceber o meu contato visual.

— Vamos para o helicóptero — pediu Elder, tentando nos apressar.

— E quanto a Cindy? — perguntou Tyler.

O homem inexpressivo olhou para a menina e pensou por um instante.

— Acho que ela não está em condições de ir conosco...

Pude ver no rosto de Tyler que ele estava começando a se irritar novamente.

— Ele quer saber como a menina vai ficar, Elder — explicou a senhorita Jacobsky.

— Como eu disse, ela não está morta, está apenas congelada. Ela deve ser descongelada pela moça de Leão e o ferimento causado pelo punhal deve ser tratado.

— Posso... — Camélia começou a falar.

— Você tem habilidade com plantas medicinais, não é isso? — interrompeu ele.

— Sim. Eu posso tentar...

— Não. — Elder interrompeu mais uma vez e, olhando dentro dos olhos de Camélia, afirmou: — Você é capaz de curá-la. Assim como o nascido de agosto. Ele sabe o que fazer e você sabe como. — Olhei para Vincent e percebi uma certa incredulidade em seu rosto.

— Eles precisam de um momento juntos... Vamos dar um minuto para eles conversarem — pediu a senhorita Jacobsky.

— Rápido, vocês — disse ele, se referindo a mim, Aleksi e Paolo. Os dois deixaram a sala de leitura.

Por um instante, a sala ficou silenciosa. Trocamos olhares complacentes uns com os outros. Afinal, nós estávamos juntos nessa loucura astrológica. Paolo deu um beijo na testa de Cindy e abraçou um por um. Não podia esperar um comportamento diferente do surfista.

— Não acredito que esse tal Elder não me chamou para ir com vocês — reclamou Lokesh cruzando os braços, aborrecido por não ter sido incluído.

— Não disse que você era um chato? Devia mesmo ficar de fora — caçoou Aleksi.

— É, mas você viu o que eu fiz, não viu? Eu fiz o Axel levitar.

— O que? — perguntei sem saber do que estavam falando.

— É verdade, Axel. Fez mesmo — confirmou Samantha. — Foi quando o encontramos desacordado. Depois de um tempo te carregando, eu e Lokesh ficamos completamente sem força. Então, meio sem querer, ele fez você levitar um metro do chão... você ficou leve como uma pena, e conseguimos te levar até a piscina.

— Isso é *insano*! — exclamei estarrecido.

Paolo deu um abraço em Lokesh, só faltava ele.

— Cuide do Axel... E, se puder, jogue o Aleksi do helicóptero — brincou o indiano.

Gaia se aproximou e me deu um abraço. Em seguida, virou-se para Aleksi e desejou boa sorte.

— Sério?! Estou arriscando a minha vida e tudo que eu ganho é "boa sorte"? — perguntou o finlandês fingindo estar ofendido. Então, Gaia se aproximou de Aleksi e lhe tascou um beijo na boca. Lokesh assobiou e Samantha bateu palminhas. Todos nós rimos. Em meio a tanta tensão, aquele fora um breve momento de descontração. Os dois se abraçaram e, por fim, ele bagunçou os cabelos coloridos da garota. Olhei para Leo, mas antes que eu pudesse falar alguma coisa com ela, uma pequena menina de cabelos alaranjados apareceu na minha frente.

— Axel, estamos confiando em você, não estrague tudo — aconselhou Sam. — Pode ir tranquilo que cuidaremos de tudo por aqui. — Troquei um sorriso afável com a pequena garota.

Meus olhos novamente procuraram por Leonora. Ela me observava de longe e acenou com a mão, se despedindo.

Nesse momento, fui surpreendido com um abraço e meu rosto se impregnou com o perfume adocicado dos cabelos de Estela. Ela sussurrou no meu ouvido:

— Agora ela vem te dar um beijo. — Com um aceno de cabeça e um sorriso Estela se distanciou.

Leonora se aproximou de mim. Estela tinha razão. A minha garota dourada me olhou nos olhos, abriu a boca para falar alguma coisa, mas preferiu se calar. Então, me deu um beijo e seu corpo aqueceu. Aquele calor me fazia bem, eu já me sentia mais forte para enfrentar qualquer situação de perigo que estivesse por vir. Escutei, ao fundo, assobios e aplausos. Quando me afastei de Leo, vi que seus olhos estavam ainda mais dourados. Uma *leoa*. De alguma forma, aquilo realmente combinava com ela.

Instintivamente, me pronunciei em voz alta:

"Pessoal, queria me desculpar com todos vocês, especialmente com Tyler. Nunca quis causar problemas... não sei no que nos metemos. Não faço ideia do que seja isso tudo. Mas, de alguma forma, eu sou o líder... E, como tal, prometo cuidar de todos vocês! Nós somos especiais. Vocês são especiais para mim. Sei que às vezes posso ser um idiota, mas prometo que vou tentar melhorar".

A senhorita Jacobsky apareceu na sala.

— É melhor vocês irem agora.

— Vamos — falei com Aleksi e Paolo. Em seguida, olhei para Leonora que me deu um sorriso convencido. Aquilo energizou meu coração. Eu estava pronto.

Nós três — Aleksi, Paolo e eu — seguimos Elder pela praia, em direção ao helicóptero.

— Agora você pode explicar o que está acontecendo? — perguntei. — Quem é esse Ka'an e o que ele quer conosco?

— Ka'an é um ser complexo... E, se o conheço bem, deve ter se apresentado com outro nome.

"Senhor Montego, claro! Só podia ser ele!", pensei.

— Ele se apresentou como o senhor Montego... — disse Aleksi. Olhei para o finlandês tentando ver se ele havia lido aquilo na minha mente, mas seu rosto desatento me dizia que não.

— Senhor? — questionou o homem-estátua, intrigado. Pela primeira vez, pude ver sua expressão mudar.

— Senhor Montego — confirmei.

— Fisicamente ele parece um adolescente com traços nativos americanos — revelou Elder.

— Drake! — Eu e Aleksi exclamamos em uníssono. Abismados.

— Drake? — repetiu Elder. — Ka'an está ficando cada vez mais criativo.

— Como eu não tinha pensado nisso? — falei comigo mesmo.

— O garoto *nerd?* — perguntou Paolo.

— Bom, "garoto" faz mais sentido do que "senhor" — disse o homem-estátua.

— Eu estava certo de suspeitar de Drake — gabou-se Aleksi. — Mas... Por que eu não consegui ler nada suspeito na mente dele?

— Porque ele pode controlar a própria mente. Pode escolher o que mostrar e o que não mostrar para você, nascido de fevereiro. Pode esconder sua verdadeira identidade e seus reais pensamentos.

— E o que ele quer com...

— Essas perguntas são irrelevantes — interrompeu Elder.

— Por que você tem que ser tão enigmático? — perguntei.

— Ele quer nos manter concentrados em achar Ka'an — ponderou Paolo. — Os outros vão ficar seguros na casa?

— Creio que sim. Todos vocês são poderosos e, com ajuda da senhoria Jacobsky, os outros vão saber exatamente o que fazer.

— Mas se Drake... Quero dizer, Ka'an aparecer lá? — perguntou Paolo.

— Ele não pode matar ninguém.

— Como você tem certeza disso? — Eu quis saber. Embora me importasse com todos, Leonora era quem mais me preocupava. Eu não podia perdê-la.

— Como eu disse, Ka'an é um ser muito complexo.

— E quanto a Lily? Foi ela que tentou me matar.

— Lily não é o problema.

— Ela me pareceu um grande problema.

— Ela não o matou, certo? — perguntou ele, com ar indiferente.

— Mas quase matou a Cindy.

— Quase. Como eu disse, vocês são poderosos.

— Onde a Lily está agora?

— Eu não sei. O que posso dizer é que ela não irá incomodá-los novamente. Lily já fez a parte dela.

Andamos mais um pouco em silêncio. Me sentia dentro de um sonho... às vezes, de um pesadelo.

— Você não quer saber nossos nomes? — perguntou Paolo com seu jeito descolado.

— Não é necessário. Janeiro, Fevereiro e Março. Ou, Áries, Aquário e Peixes. Só isso que eu preciso saber.

Avistei um helicóptero preto bastante moderno.

— Estão prontos? — Elder olhou para o seu estranho relógio de pulso e apertou um botão projetando uma imagem holográfica em 3D extraordinária, algo como uma constelação, não dava para saber ao certo. Ele olhou para a imagem por alguns segundos e depois a apagou. Se tivesse mesmo vindo de uma máquina do tempo, não teria sido do passado, mas, com certeza, de um futuro distante. Aquilo era a coisa mais incrível que eu já tinha visto em toda a minha vida. Aleksi e Paolo ficaram igualmente impressionados.

Entrei no helicóptero e me sentei ao lado daquele homem misterioso que se preparava para pilotar a aeronave. Não sabia para onde íamos e nem porquê. Mas, naquele momento, entendi que algo grandioso estava prestes a acontecer. De certa forma, Lily não havia mentido, minha vida mudaria completamente. Começava ali a história de um líder. O Astro Líder do Zodíaco.

INFORMAÇÕES SOBRE A COERÊNCIA

Para saber mais sobre os títulos e autores da EDITORA COERÊNCIA, visite o site **www.editoracoerencia.com.br** e curta as nossas redes sociais.

Além de informações sobre os próximos lançamentos, você terá acesso a conteúdos exclusivos e poderá participar de sorteios, promoções e eventos.

www.editoracoerencia.com.br

facebook.com/editoracoerencia

@editoracoerencia

Editora Coerência
Rua Pinhancó, 12A
Parque São Rafael — SP — Cep . 08320-350
E-mail: lilian@editoracoerencia.com.br
Tel.: (11) 2011-3113

Não perca a oportunidade de realizar o sonho de se tornar um escritor(a). Envie seu original para o nosso e-mail e publique conosco.